Reporting On Haruki Murakami, 2019–2021

村上春樹をめぐるメモらんだむ 2019–2021

大井浩一

毎日新聞出版

村上春樹をめぐるメモらんだむ　2019-2021

踊るんだよ、と羊男は言った。それも上手く踊るんだよ、みんなが感心するくらい。

（村上春樹『ダンス・ダンス・ダンス』）

私たち人間は、だれも個人としての個人生活をいとなむだけでなく、意識するとしないとにかかわらず、その時代とその時代に生きる人々の生活をも生きるのである。

（トーマス・マン『魔の山』関泰祐・望月市恵訳）

はじまりの光景——序にかえて

青山の閑静な住宅街にあるまだ真新しい事務所の2階で、その人を待っていた。人の背丈ほどもある大きなスピーカーが据えられた、明らかに「音楽を聴くための」部屋だ。約束の時間より10分ぐらい早く着いたため、カメラマンと私は5分ぐらい待つことになった。事務所の人がすぐ近くのマンションに知らせに行き、そこから移動してくるくらしい。近所の工事をしているらしい家から、電動工具の音が聞こえてくるが、それも騒がしいほどではない。やがて、軽やかに階段を駆け上がる音がした。ドアの手前で「よしっ」という小さな声が聞こえた。「村上です」。作家、村上春樹が私の前にいた。

いきなり拙い文章を引用してしまったが、これは筆者が1997年5月、初めて村上春樹さんにインタビューした際、記事にまとめる前の段階の、テープ起こし稿の冒頭にメモしておいた文そのままである。

それは95年に発生したオウム真理教による地下鉄サリン事件の被害者の証言を集めたノンフィクション作品『アンダーグラウンド』（1997）に関するものだった。普通は、どんなに著名な作家を取材した場合でも、会った場面そのものを「私」を主語に書き留める習慣も必要も（少なくとも筆者には）ない。でも、村上さんは特別だった。

彼が既に超人気作家で、めったにメディアの取材に応じなかったからというだけではない。自分が20歳の時から作品に魅了され、読み続けてきた作家との初めての対面だったからだ。要するに、個人的にも「特別」な人との、記念すべき邂逅の瞬間であった。あの時、当時の事務所だった一戸建て家屋の二階の部屋で待っていた間の、どきどきした感じは4半世紀近くたった今も鮮明によみがえってくる。

本書で述べるように、ここ数年、メディアに登場する機会が比較的多くなっている村上さんだが、97年当時は長い外国生活を終えて帰国してからまだそれほどたっておらず、本を出した直後の取材は（キャリアの初期を除けば）一切受けないのが常態だった。しかし、『アンダーグラウンド』では、初めて社会的なテーマに挑んだこともあり、珍しく複数の新聞・雑誌のインタビューに個別に応じたのだ。

この時の村上さんは48歳。今思うと若いが、年齢的には中年もいいところである。ところが、ドアを開けて部屋に入ってきたのは、短髪で筋肉質な体に、カジュアルな服装をした青年のような男性だった。35歳の筆者とさほど違わない、エネルギッシュな若々しさを感じさせた（その印象は驚くことに、20数年後の今でもあまり変わらない）。

いざ取材が始まると、不思議なくらい自然に話ができた。事件の被害者への思い、小説家の社会的役割、「団塊の世代」としての自覚……。シリアスな内容の話を、雄弁というよりは訥々と、あくまで誠実に、しかしユーモアも忘れず語る姿に引き込まれた。「意外と普通の人なんだ」という印象を持ったし、「この人には、余計な雑音で悩ませることなく、思う存分、いい作品を書いてもらうのが一番だ」と、こちらも素直に願う気持ちになっていった。

以後、折に触れてインタビューや寄稿の依頼を重ねてきた。多忙でもあり、なかなか簡単に応じられない人なのは分かっているが、めげずにアプローチを繰り返した。それに対し、本人は当然のマナーと心得ているようだが、断る時も必ず丁寧なメッセージを返してくれる。これも励みになった。結果としてインタビューは10回余り、新聞に原稿を寄せてもらったことも3回ある。少なく見えるかもしれないが、筆者にとっては一つ一つが記者として、また一読者としても大切な出会いの場であり、最先端の作家と切り結ぶ真剣勝負の場でもあったという気がする。

本書は、筆者が2019年10月から「毎日新聞」朝刊とウェブサイトに毎月1回（当初、20年3月までは概ね2回）、執筆しているコラム「村上春樹をめぐるメモらんだむ」の21年6月掲載分までをまとめたものである。本書の表題にもなったこのタイトルは、村上さんが18年からラジオ番組「村上RADIO」のディスクジョッキー（DJ）を始めるなど、多彩な分野でいっそう積極的な発信を行うようになったことから、そうした動向をランダム（行き当たりばったり）に、そのつど記録し、紹介していきたいという思いから付けた。

つまり、初めはごく気楽な読み物として、書くほうとしても気ままに楽しくやろうと考えていた。ところが、連載がスタートして半年もたたない翌20年2月に入ると、世の中は新型コロナウイルスの流行によって、文字通り日を追うごとに景色が一変していった。マスクの装着や手指の消毒、ビニールシートで仕切られた飲食店といった「新しい日常」が生活の隅々を覆うようになる。村上さんが01年の「9・11」後の世界について述べた言葉を借りれば、コロナ禍が起きている「現実世界のほうがアンリアルで、それが起きていないリアルな世界が別にあるのではないか」と思われるような、異常が日常化した世界が人々の前に広がっていった。

この点で、21年現在の日本と世界は、まさに阪神大震災と地下鉄サリン事件が立て続けに起きた1995年の日本の状況にも似ているといえるかもしれない。あの当時も私たちは目の前に広がっている情景を、受け入れがたい非現実のように感じていたはずだ。そういう意味で、「ポストコロナ」とは「ポストオウム」につながるものであり、筆者は村上さんに出会った「はじまりの光景」と似たものを、こんにち日々報じられる世界各地の映像から受け取っている。これら二つの時点には共振するものが確かにあると感じられる。

逆に言うなら、今目の前にある光景を理解し、その背後にある問題を検証するためにも、私たちは例えば95年に、あるいは2001年に、またあるいは東日本大震災後の11年に立ち戻る必要があるのでないか――そう筆者には思えてならない。そして、これらは全て村上春樹という作家が、深い関心を持ち、彼の作品の中にある仕方で形象化し、あるいは象徴的に表現してきたものである。

もちろん、コロナ禍は村上さんにとっても思いも寄らない形で訪れ、その活動にさまざまな意味で少なくない影響を及ぼした。本書は、この人類史上の災禍を作家がいかに受け止め、対応していったのかというプロセスを、図らずも記録することにもなっている。とはいえ、その対応があくまで柔軟かつ軽妙に、それでいて、したたかに粘り強く行われたことをも、以下の記録から読み取っていただけるのではないかと思う。

本書には、筆者らが20年7月におこない、「毎日新聞」ウェブサイトに（一部を紙面にも）掲載した村上さんへのロングインタビューを特別収録させていただいた。コロナ禍における貴重な発言の収録を快く了承し、また、ずいぶん勝手なことを書いてしまっているコラムの連載をも温かく（苦笑交じりに、かもしれないが）許容してくださっている村上春樹さんに、心からお礼を申し上げます。また、表紙などに掲げた英題“Reporting on Haruki Murakami, 2019–2021”に関しては、柴田元幸さんにご教示いただいたことを付記します。ありがとうございました。

※本書のデータは連載執筆時、人物の年齢・肩書は取材当時のもの。引用中などの［］は筆者による注記である。

目次

はじまりの光景――序にかえて　5

Chapter1　2019年10～12月

《October》
人生における最初の職業　19
〝洞窟感覚〟で紡ぐ物語　24

《November》
境界を越えて舞台は回る　30
「謝肉祭（Carnaval）」を読む　35

《December》
「世界文学」としての存在感　42
未発表作のサプライズ朗読　48

Chapter2　2020年1〜3月

《January》
加藤典洋さんはどう読むか？　57
《February》
「翻訳家・村上春樹」（その1）　63
「翻訳家・村上春樹」（その2）　69
《March》
熊本での震災復興支援イベント　76
『猫を棄てる』と『大きな字で書くこと』　82

Chapter3　２０２０年４～６月

《April》
なぜ世界中で読まれる存在になったか　93

《May》
コロナ鬱を吹き飛ばそう　101

《June》
「たった１ドル」から生まれた映画　107

〈特別収録　村上春樹さんロングインタビュー July 2020, Tokyo〉
コロナ禍の下、音楽の力を信じたい　115

Chapter4　２０２０年７～９月

《July》
最新短編集から聞こえる音楽　145

《August》
「Black Lives Matter」を訳すと…　152

《September》
「僕にとっての大切な愛読書」とは　159

Chapter5　２０２０年10〜12月

《October》
『「グレート・ギャツビー」を追え』を翻訳　169

《November》
韓国人作家が受け取った「新鮮な何か」　175

《December》
莫言作品との共時性とは？　181

Chapter6　2021年1〜3月

《January》
なぜ「焚書坑儒」を語ったのか　191

《February》
コロナ禍の人々にボサノヴァで癒やし　199

《March》
中国での読まれ方の変遷　206

Chapter7　2021年4〜6月

《April》
「村上春樹ライブラリー」を訪ねて　215

《May》
英文学の名作と並べてみると…　221
《June》
映画「ドライブ・マイ・カー」を見る　228
あとがき　236

写真の著作権者は全て毎日新聞社（撮影・喜屋武真之介、大井浩一、山崎一輝、小出洋平、鈴木一生、丸山博、小川昌宏、徳野仁子）。

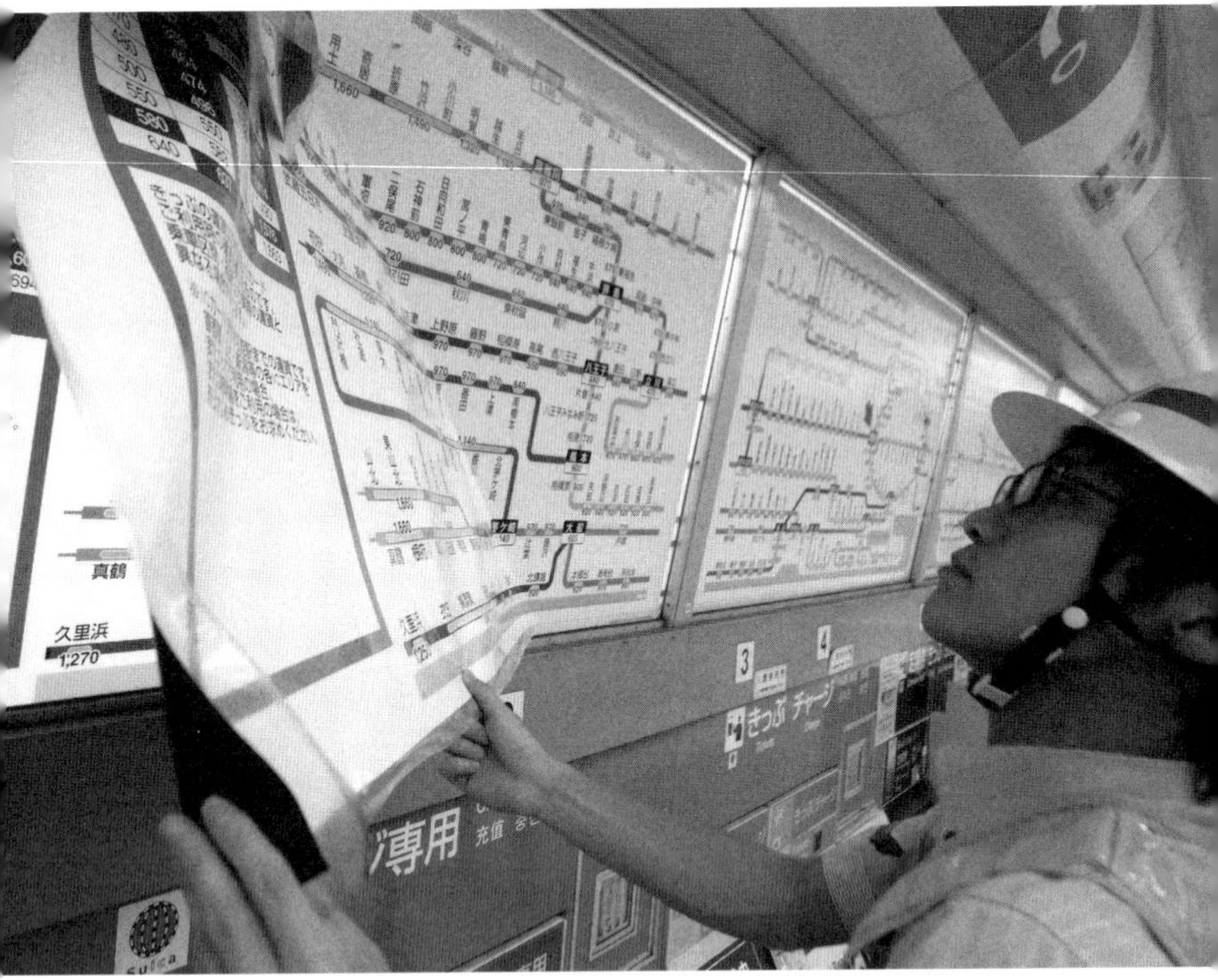
真鶴
久里浜
1,270
3
4
きっぷ
チャージ
充値
Suica

Chapter1
2019年10 ～ 12月

世界性、次世代への影響

10月1日　消費税率、8％から10％に引き上げ▼13日　ラグビーW杯で日本がアジア初の8強入り（11月2日、南アフリカが優勝）▼31日　那覇市の首里城、未明の出火で正殿などが焼失▼11月10日　天皇陛下即位祝賀パレード、沿道に約12万人▼12月4日　アフガニスタンで医師の中村哲さんが銃撃され死亡▼15日　国立競技場（設計・隈研吾）完工式▼31日　カルロス・ゴーン被告が日本からの逃亡声明（20年1月8日、レバノンで記者会見）

《October》

人生における最初の職業

最初の職業は音楽だった――こう言って驚く人は今や少ないかもしれない。村上ファンにはあまりに周知の話で、何を今さら、とぼけたことをとあきれられてしまうだろうか。

初めに音楽の話題を持ってきたのは他でもない。一つには、2018年から村上さんがラジオ番組「村上RADIO」（TOKYO FMなど全国38局）でディスクジョッキー（DJ）を始め、音楽に対する愛と知識を全開で披露するようになったからだ。19年6月には、リスナー150人を招待して東京で公開録音イベント「村上JAM」も開いた。JAMはジャムセッション、すなわちジャズにおけるミュージシャン同士の自由な即興演奏を指す。収録された内容は、2回に分けて編集され、8月と9月に放送された。

村上さんは、知られているように、大学在学中の1974年に東京・国分寺でジャズ喫茶「ピーター・キャット」を始めた（のち千駄ケ谷に移転）。これが最初の生業であり、翌年に卒業した後も専業作家となる81年まで店を続けた。70代に入った彼のジャズ愛好歴は長く、中学生の時からというから、半世紀を大きく超えている。もっとも、夏の「村上JAM」で村上さんは、音楽との関わりについて「子供の頃、ずっとピアノを習っていたが、途中で放棄した」ことも明かした。クラシックを含む音楽全般に関しては、より長い付き合いということになろう。作家となってのちも、ジャズをはじめとする音楽のことは、かなり数多く文章に書いている。小説の作中に、ジャズやロック、クラシックの曲やミュージシャンなどの名前が頻出することはよく知られている。ビートルズから取った『ノルウェイの森』（1987）がいちばん有名だが、音楽にちなんだ作品のタイトルも多い。2018年から19年7月にかけて5作の短編小説を文芸誌に発表したが、そのうち2作の題は「チャーリー・パーカー・プレイズ・ボサノヴァ」「ウィズ・ザ・ビートルズ　With the Beatles」だ。指揮者の小澤征爾さんとの対談をまとめた『小澤征爾さんと、音楽について話をする』（2011）という印象に残る本もあり、これは小林秀雄賞を受賞した。

2005年刊行の音楽をテーマとしたエッセー『意味がなければスイングはない』のあとがきで、村上さんは「書物と音楽は、僕の人生における二つの重要なキーになった」と述べ、10代の生活を振り返ったうえで、こう書いている。

当然のことながら、ゆくゆくは文学か音楽を職業にしたいと希望していたわけだが、結局は音楽を職業にすることになった。

文脈なしに読むと「結局は文学を職業にすることになった」の間違いではないかと思ってし

まうところだ。しかし、これはこの通りなのである。同じ文章の表現を借りれば、演奏者の側でなく「作品の受け手（レシピエント）」の側であるにせよ、「文学ではなく、音楽が僕の人生における最初の職業になった」のは。

☆

「序にかえて」で触れたように筆者が初めて村上さんに会い、インタビューしたのは1997年だが、その取材の際、「僕はプロの料理人だから」という言葉を聞いたのをよく覚えている。これはノンフィクション作品における本づくり＝編集・構成の重要性を語る文脈で発せられたものだったように記憶している。

つまり、ある種の比喩的表現なのだが、それを耳にして感じたのは、「ああ、村上さんはジャズ喫茶の仕事を今でも誇りに思っているのだな」ということだった。考えてみれば、かつての店では村上さん自身が飲食物を調理し、客に供していたのだから。これも周知のように、村上作品には主人公の男性がスパゲティーをゆでたり、サラダを作ったり、といった料理のシーンがしばしば、さりげなくもリアリティーをもって描かれてきた。

したがって、村上さんが「料理のプロ」であると同時に「音楽のプロ」であるのは至極当然のことなのだ。村上さんより13歳年下の筆者が「ピーター・キャット」に行ったことはないが（大学に入った頃には既に閉店していた）、その店では時々ライブ演奏も行われていたようだ。

公開録音イベントの放送されなかった部分で村上さんは、かつて千駄ケ谷の店に出演していたトロンボーン奏者の向井滋春さんと言葉を交わし、「ライブやる時は、自分で［店の前に出す］看板を書いていた」と話した。向井さんは「［当時］僕のほうは『ピーター・キャット』のマスターとしか思っていなくて。まさか作家になるなんて。無口でね」と言い、村上さんは「よくそう言われるんだけど、愛想よくしようと努力していたんだけどね」と応じていた。

また、クインテットを率いて「村上ＪＡＭ」に参加したサックス奏者の渡辺貞夫さんには、「僕の店には、渡辺貞夫さんにはとても来てもらえるギャラが払えなかったけど、弟の文男さん［ドラマー］のバンドを呼んだことがある」とも語った。

もう一つ、「音楽のプロ」としての最近の仕事に、２０１９年8月に翻訳刊行したテナーサックスの巨匠、スタン・ゲッツ（１９２７〜91年）の評伝『スタン・ゲッツ　音楽を生きる』（ドナルド・L・マギン著、新潮社）がある。正直言って筆者はジャズについて全くの素人だが、この名前はなじみがある。村上ファンには言わずもがな、長編第2作『１９７３年のピンボール』（１９８０）で主人公の「僕」が、ゲッツのバンドによる「ジャンピング・ウィズ・シンフォニー・シッド」という曲を口笛で吹く場面が出てくるのだ。

さらに、和田誠さんの絵にエッセーを添えた『ポートレイト・イン・ジャズ』（１９９７）や、先に触れた『意味がなければスイングはない』などで、たびたび村上さんは、この天才的な名手にして破綻の多い私生活を送った白人ミュージシャンについて、情愛をこめてつづってきた。

ちなみに、和田さんは、奇しくも本稿の新聞掲載翌日の２０１９年10月7日に83歳で亡くなられたが、村上さんとの共著には続編『ポートレイト・イン・ジャズ2』（2001）もあった（現在は2冊をまとめた文庫版『ポートレイト・イン・ジャズ』がある）。

「村上JAM」でも渡辺貞夫さんとの間で、ゲッツの話題が出た。渡辺さんは米国のツアーでゲッツと接触した際の印象を語り、村上さんは大学生だった1972年、ゲッツの来日公演（東京）を聴いた折に目にした様子について話した。それらは麻薬やアルコールで生活を乱すことも多かった彼の「ひどい」、あるいは「やる気のない」姿だった。

米国で1996年に刊行された今回の評伝の翻訳は、熱いゲッツ・ファンである作家の中で長く温められてきたもので、まさに満を持しての出版という趣がある。「訳者あとがき」にこうある。

ゲッツはその人生の各所において、麻薬に溺れたり、長期にわたる離婚訴訟に巻き込まれたり、しばしば経済的苦境に追い込まれてきた。［中略］ときには彼の才能に相応しいとは言いがたい音楽を、求められるがままに演奏したりもしてきた。しかしレコードになって残されている、そのような彼の「お仕事」演奏を今聴き返してみると、どれもそれなりに楽しく美しく、またどこかにひとつふたつ聴きどころがあることがわかる。どんな音楽であれ、それを取り上げるからには、彼は美しく演奏しないわけにはいかなかったのだろう。［中略］それを可能にするのは「才能」と呼ぶだけでは足りない、何か特別な力だ。おそらくは「美への業《ごう》」とでも称するべきものなのだろう。

村上さんは、ここでゲッツの音楽を（かつて『ポートレイト・イン・ジャズ』でそうしたのと同じように）、自らにとって特別な存在の作家と見なしているスコット・フィッツジェラルド（1896〜1940年）の文章と類比している。これはとても興味深い主題だが、そのことについては後で「翻訳家・村上春樹」の仕事を詳しく見る際に、きちんと紹介したいと思う。

"洞窟感覚"で紡ぐ物語

村上春樹さんが2019年10月11日、イタリアの文学賞「ラッテス・グリンザーネ賞」を受賞した。日本人には聞き慣れない賞だが、イタリアの図書普及のために設けられた「グリンザーネ・カブール賞」が前身で、大江健三郎さんも1996年に受けている。他にも、ギュンター・グラス（ドイツ）、ドリス・レッシング（英）、トニ・モリスン（米）といったノーベル文学賞受賞者を含む世界各地の作家らに授与されてきた国際的な伝統ある賞だ。

2011年に現在の名称に変わった。イタリア文学者の和田忠彦・東京外国語大学名誉教授によると、村上さんが受賞したのは2部門あるうち、功労賞的な性格の「カシの木」賞で、こちらも過去にはノーベル賞受賞者のパトリック・モディアノ（フランス）をはじめ、アモス・オズ（イスラエル）、イアン・マキューアン（英）ら、日本でも知られた作家が名前を連ねている。

村上さんは授賞式が行われたイタリア北西部のアルバで「洞窟の中の小さなかがり火」と題して講演した。共同通信の報道によると、この中で、彼は「小説——すなわち物語を語ること

――の起源ははるか昔、人間が洞窟に住んでいた古代までさかのぼります」と述べ、「物語」の根源的な普遍性について語っている。以下、要約しつつ共同通信の記事を引用する。

その昔、太陽が沈むと人々は危険な暗闇を避けて洞窟に隠れ、長い夜を過ごした。そこでは小さな火が燃えていて、誰かが物語を語り始める。

物語は、恐怖や空腹をたとえ一時的であるにせよ忘れさせてくれます。語り手はみんなの反応を見ながら、少しずつ物語の流れを変えていく。［中略］恐らく、世界中の洞窟で同じことが行われていたのでしょう。

それから長い時を経て、小説という表現が生まれ、今ではデジタル画面で小説が読まれるようになった。

しかし、そこで語られている物語は、本質的には洞窟の火の周りで語られた物語と同じ成り立ちのものです。私たち小説家は、洞窟の語り手の子孫なのです。

実は、これとよく似た話を作家自身から聞いたことがある。長編『騎士団長殺し』が刊行された17年、毎日新聞などのインタビューに応じてくれた時だ。村上さんにとって読者はどういう存在か、という質問に、こう答えたのだ。

僕が小説を書く態度は一貫していて、昔の洞窟時代の語り部なんです。夜は真っ暗な洞窟で、たき火をやっている中で、村上ちょっと話してみろよ、じゃあ話します、と物語を話す。読者はたき火の周りにいて、わくわくしながら話を聴いている人たちです。何十万という人たちのある部分には、その洞窟をとおして通じているという気持ちがある。一種の〝洞窟感覚〟を共有してくれるんじゃないか。どう読もうと自由だけど、僕としては一番大事なのは、もわっとした地下をとおった感覚です。

では、読者の側から言うと、この〝洞窟感覚〟とはどういうものなのだろうか。

個人的な話になるが、一例を挙げてみる。最近、大学時代に親しくしていた2学年上の先輩と久々に会う機会があった。雑談の中で村上さんに話題が及び、その男性はしみじみと語った。

『羊をめぐる冒険』が一挙掲載された雑誌を買って、地下鉄に乗り、読み始めたら、やめられなくなった。終点まで乗って、そのまま折り返し、また反対側の終点から折り返し、というのを何度かやって、結局、読み終わるまで地下鉄に乗り続けたよ。

長編『羊をめぐる冒険』は1982年、文芸誌『群像』8月号に発表された。念のため言い添えておくと、この人は知的好奇心こそ旺盛だが、特に文学的な趣味が強いわけではなかったし、職業もその方面とは関わりがない。それでも80年代前半の若者には、この新しい文体をもって登場した新進作家に注目し、理由はよく分からないながらも魅力を感じずにいられないという人々が、既に一定の広がりで確実にいた。

82年10月に単行本が刊行された『羊をめぐる冒険』は筆者にとっても、ことのほか思い出が深い。なぜなら、初めて読んだ村上作品だからだ。翌83年1月発行の第4刷を買っているのは、当時の筆者が「はやりもの」は敬遠するという、あまのじゃくな態度を取っていたためである。逆にいうと、あまのじゃくな者でさえ無視できないほど周囲で評判が高まっていた。そういう記憶がある。

当時の大学生協の書店で、平積みになっていたこの本を買ったのをよく覚えている。そして、その先輩とほとんど同じことが筆者にも起こった。場所が地下鉄ではなかったにせよ（それが喫茶店だったたか、大学の空き教室か、4畳半ひと間の住まいかは忘れたが）、読み始めるとたちまち引き込まれ、読み終わるまで本を閉じることができなかったのだ。

☆

『羊をめぐる冒険』は、村上さんが専業作家になって書いた最初の長編であり、著者自身「確かな手応え」を得、長編小説作家としての「実質的な出発点」となった、と書いている（『職業としての小説家』、2015）重要な作品である。既に指摘されていることだが、この小説の前半は、それまでの長編2作『風の歌を聴け』（1979）、『1973年のピンボール』と共通する、断章でエピソードを連ねていくスタイルで書かれているのに対し、後半は一挙に物語が動き、いわば村上春樹的長編小説のダイナミズムが離陸していく。こうした形式の上からも、これが初期2作（『羊をめぐる冒険』と合わせて3部作と呼ばれる）と『世界の終りとハードボイルド・ワンダーランド』（1985）以後の長編との境界に位置することがよく分かる。

しかし、一方で、『羊をめぐる冒険』独自の魅力は、この境界性にあるとも言える。『羊をめぐる冒険』が読者を引きずり込むのは、その前半において、何かが終わった後の空虚感、喪失感を見事に描いているためだ。この点はまさに初期2作と共通するのだが、分かりやすいのは第一章の題が「1970／11／25」と、三島由紀夫自決の日付になっているところに象徴的に表れている。

この章では主人公「僕」の大学時代、69年から71年にかけての「彼女」との交渉が描かれるが、その間に「大学は閉鎖とロックアウトをくりかえしていた」状態から、「あのピリピリとした空気はもう消え失せていた」状態に変わる。そこで終わったものは、端的にいえば大学紛争をはじめとする「政治の季節」であり、村上さんの表現でいうと理想主義の時代である。

筆者はその変化そのものをリアルタイムで体験してはいない。だが、80年代前半の、早くもバブルの予兆が首をもたげ、レジャーランド化などと言われた大学キャンパスには、「何かが終わった後」の空気だけは確かに漂っていた。変な言い方になるが、言葉にはならないある種の「言語感覚」というべきものがそこにはあった。その感覚を、小説という形に変換してみせたのがおそらく村上作品だったのだろう。

イタリアでの講演で、村上さんはこうも語ったという。

僕は、1960年代後半のカウンターカルチャーをくぐり抜けてきた世代です。そのせいもあって、大学を出て会社に就職しようとは思いませんでした。僕自身はそれほど熱心に政治活動をしたわけではないのですが、一時期の騒ぎが収まれば、何事もなかったような顔をして、大資本の歯車になることはしたくなかったんです。できるだけ社会の思惑とは無関係でいて、あくまで個人の論理で生きていくことを一貫して求めてきました。

現実の「論理」や生き方はさまざまにあったし、それを村上さんほど徹底して貫くことができた人は珍しいのかもしれない。けれども、何かは終わってしまい、自分はどうしようもなく遅れてきたのだとしても「個人の論理」で生きていいのだ、という肯定と促しを、無意識のうちにであれ、例えば『羊をめぐる冒険』の読者は受け止めたのではないかと思う。

〝洞窟感覚〟の一つのあり方であり、それは（日本の）この時代に限らず、また海外の読者にも起こった現象といえる。さらに時間をかけて考えていきたい。

《November》

境界を越えて舞台は回る

２０１９年10月中旬、東京都世田谷区にある昭和女子大学の教室で、ひげを蓄えた外国人の青年が約50人の学生らに熱っぽい口調で語りかけた。

最初に読んだ［村上春樹の］作品は『海辺のカフカ』［原著２００２］です。読んだ時、それまでにない懐かしい感じがしました。村上作品はディテールが想像をかきたてます。

この男性は映画監督のニテーシュ・アンジャーンさん、31歳。インド系移民の家庭で生まれ育ったデンマーク人だ。17年に制作した映画「ドリーミング村上春樹」が、日本で公開されたのを機に来日した。村上作品のデンマーク語への翻訳を手がける女性、メッテ・ホルムさんを主人公に、異なる言語の間を越境する村上文学の不思議なありようをテーマにしたドキュメンタリーである。この日は来日を記念しての特別講義が、英語で通訳を介して行われた。アンジャーンさんは20歳の頃、村上作品に出会い、23歳の時には当時翻訳されていた全作品を読んでいたという。

ホルムさんは61歳。01年以降、『ねじまき鳥クロニクル』（原著1994～95）をはじめ十数冊の村上作品を翻訳・刊行してきた翻訳家だ。筆者は19年7月、日本滞在中のホルムさんに取材したが、その際、彼女は1995年に初めて『ノルウェイの森』を読んでから、いかに村上文学に魅了されてきたかを日本語で語ってくれた。

村上さんは普通の生活を描いていて、それを特別なものに変える。読みやすいが、その世界にのみ込まれます。言葉は簡単。でも裏にあるものはすごく深い。だから人によって読み方が違ってくる。

また、「村上さんは作品で読者を変えることができる人です。私は彼の翻訳をしてから、ジャズなど音楽をよく聴くようになりました」とも話していた。映画では、ホルムさんがデビュー作『風の歌を聴け』の訳を進める過程で日本を訪れ、作家の出身地である兵庫県の芦屋や神戸、東京・上野などを歩く姿が描かれる。

昭和女子大学でアンジャーンさんは、日本語日本文学科の山田夏樹専任講師（日本近現代文学）の問いに答える形で、映画にこめた思いや制作の様子を述べた。

メッテさんを追う中で感じたのは、単に翻訳をしているのではなく、村上さんの小説を読んだ時に彼女が信じていることを伝えようとしていることでした。

「日本でのロケは12日間でした。計画して撮った部分もありますが、偶然撮れた素材の方が面白かった」と話したのは、初期の村上作品に登場する「ジェイズ・バー」を思わせる神戸の店で、たまたま居合わせた客たちとホルムさんが言葉を交わす場面だ。その中に村上作品をよく読んでいる人もいて、自然と話が弾んだ。

また、芦屋で乗ったタクシーの運転手とホルムさんの会話では、阪神大震災も話題になっている。「私は日本語が分かりませんでしたが、後で訳してみると、それがとても良かった」

日本の学生に向けて講義するという「この場」についての感想を問われると、こう語った。

デンマークから見るとデンマークの女性を撮った映画ですが、日本からは村上さんの翻訳をしている人の映画に見えるでしょう。その両方の視点があります。言語の壁を越えて交流する、こういう機会を持つのは大事です。

最後に5人の学生から熱心な質問が飛んだ。村上作品を通して想像していた日本と、実際の日本との異同については、「この映画の撮影で初めて日本に来た時、村上作品の世界に入り込んだ感じで、登場人物を無意識のうちに探してしまった。初めて来たのに、前に来たことがあるような感じがしました」。知的であると同時に精力的なアンジャーンさんの誠実な受け答えが印象深かった。

☆

ところで、「ドリーミング村上春樹」に作家本人は出てこない。村上さんは2016年、デンマークのアンデルセン文学賞を受賞し、当地を訪れた。その際、ホルムさん訳の『風の歌を聴け&1973年のピンボール』出版を記念して彼女と村上さんの対談イベントがコペンハーゲンの王立図書館で行われたが、映画はまさにこのイベント開始直前の瞬間までで幕を閉じる。

あえて作家を出さなかったことについて、アンジャーンさんは映画パンフレットで「そもそも文学が持つ力や魔法を語る時、作家に関して語るのではなく、私たちが読んだ小説の中にある空想の世界とその世界で出会うキャラクターについて語るのです」と述べている。ホルムさんも、作家自身が登場しないことは「大切です」と筆者に話していた。「これは彼（村上さん）を描いた映画ではなく、彼の小説の翻訳がテーマだから」

この「本人不在」という特徴によって筆者の頭に浮かんだ一つのイベントがある。06年3月に東大駒場キャンパスなどで開かれた国際シンポジウム「春樹をめぐる冒険　A Wild Haruki Chase――世界は村上文学をどう読むか」（国際交流基金主催）だ。これには村上作品の翻訳・出版に関わる17カ国・地域の翻訳者ら20人以上が参加し、各言語や地域での「ハルキ文学」の受容の状況などが話し合われたのだが、やはり作家本人は登場しなかった。

しかしながら、このシンポジウムはまさに歴史的な意義を持ったといえる。象徴的なのは、駒場の900番教室で行われた翻訳本の表紙カバーを比較するプログラムだった。沼野充義・

東大教授（スラブ文学）が、各国・地域の村上作品の翻訳本を次々とスライドで映し出し、表紙の絵やデザインの違いを紹介・分析していくというものだが、その際、壇上に十数人の翻訳者らが勢ぞろいし、折々に沼野さんが彼ら彼女らに発言を求めていったのだ。ちょっと他ではあり得ないような図だった。それを興味津々で眺めていた約６００人の聴衆が、講堂のような広い教室を埋めていたことも忘れられない。

シンポジウムの記録は本にまとめられたが（『世界は村上春樹をどう読むか』）、これに関して筆者はかつてこんなふうに書いた。

それぞれ見た目にも明らかに異なる出自を感じさせる風貌の人々が並んで腰かけ、こもごもに流暢な（あるいはたどたどしい）日本語で「ハルキ」への思いを述べる姿こそが、なによりも雄弁に村上文学の世界性を物語っていたのだ。（雑誌『本の話』06年11月号）

ちなみに、シンポジウムのタイトル「春樹をめぐる冒険」は、もちろん『羊をめぐる冒険』のもじりであり、英題「A Wild Haruki Chase」もアルフレッド・バーンバウムさんによる卓抜な同作の訳題「A Wild Sheep Chase」（英語の慣用句で「無駄な骨折り」「あてのない探求」を意味する「a wild goose chase」のもじり）によっている。

そして、実はホルムさんもこの壇上にいた一人だった。それだけではない。「ドリーミング村上春樹」には、同じ壇上に並んでいたポーランドの翻訳家、アンナ・ジェリンスカ＝エリオットさんとホルムさんが、何年か後に村上作品の翻訳について話し合う場面も出てくる。アンジャーンさんは（ホルムさんも）全く意識しなかっただろうが、筆者には11年という時を隔て、舞台はめぐりめぐって、あの「春樹をめぐる冒険」からの一つの派生形態として、この映画が生み出されたように思えてならない。

しかも、その舞台を回すのは、もはや作家一人の力ではない。日本人だけでもなく、〇〇人といった特定の国籍・言語の範疇さえ超えた翻訳者、出版者、読者たち……多様な人々がこぞって、それを回し、今も絶え間なく回し続けている。私たちが目にしているのは、どうやらそうした（少なくとも日本文学では）空前の現象なのではないか。

「ドリーミング村上春樹」は北海道から沖縄まで全国計約50館で順次公開される。この1時間の映像作品は、成り立ちからしてユニークなだけに、見る人によって捉え方はさまざまだろう。とはいえ、あの昭和女子大学の学生たちを含め、若い世代をはじめとする人々が再び「ちょっと他ではあり得ない」形で示された「村上文学の世界性」をどう受け止めるか、とても興味がある。十何年か後になって、そこからどんな更なるスピンオフが生まれてくるのか、も。

「謝肉祭（Carnaval）」を読む

村上春樹さんの新作短編小説「謝肉祭（Carnaval）」が、文芸誌『文學界』２０１９年12月号に掲載された。これは18年から同誌に断続的に発表されてきた連作短編「一人称単数」の「その６」すなわち6作目に当たる。また、今号は「村上春樹・作家生活40年」を特集していて、村上さんと交友のある人類学者で京大総長の山極壽一氏、19年に芥川賞を受賞した気鋭の作家、上田岳弘氏ら4人が寄稿している。

この連作について筆者は、同誌の19年8月号に「その4と5」2編が発表された折に書いた記事で、いずれの作品にも共通して音楽（広い意味での「歌」）が鳴り響いていることを指摘した。この点、「謝肉祭（Carnaval）」も、まさにシューマンのピアノ曲「謝肉祭」が重要な役割を果たしている。タイトルに添えられたアルファベットがフランス語つづりなのも（英語ならcarnival＝カーニバル）、シューマンの曲による。クラシック音楽やカトリックの文化に精通した人なら、もっと深い意味をこの作品からくみ取れるのだろうが、そこには深入りしない。

ただ、カトリックの謝肉祭では仮面劇、仮装劇が主要な位置を占めるといった、ごく一般的な知識によるだけでも、確かにこのタイトルは作品そのものをよく暗示している。ところで、この短編で興味深く思われた点は二つある。一つは女性の描き方であり、もう一つは少しわかりにくいかもしれないが、「善悪の同時存在」という問題だ。

作品は冒頭、「彼女は、これまで僕が知り合った中でもっとも醜い女性だった」という、ちょっとショッキングな一文で始まる。逆に言うと、これほど読者を（性別や年代を超えて）引きつける導入の仕方はそうないわけで、いつもながらその巧みさは心憎いばかりだ。この連作に共通することだが、今度の短編も「僕」という、いかにも作家自身を思わせる「一人称単数」の語り手によって話が進められる。

「僕」は50代になってから、つまり相当の人生経験を経てから、10歳ばかり年下の「彼女」と知り合い、いっぷう変わった意味での親しい付き合いをするようになる。簡単に言えば「趣味の一致」ということになるが、いずれにしても「彼女」は単なる「醜い女性」ではない。というか、話はいわば美醜の問題を超えた深みへ向かっていく。筆者の限られた読書経験に基づく独断を言うなら、文学作品では美しい人物を描くよりも醜い人物を描く方が難しいのではなかろうか。なぜなら、醜い人物というのは決まって複雑なものだから。

そして、おそらく村上さんは、作中で描く女性として、また一つ新しいキャラクターを作り上げることに成功したのだと思う。というのも、「女性の描き方」について、長編『1Q84』BOOK1・2(2009)を刊行した際の筆者のインタビューに対し、次のように語っていたのを覚えているからだ。この小説は、ともに30歳で独身の男女2人が主人公で、そのうち「青豆」という名の女性は、スポーツインストラクターとして働きながら、許しがたい家庭内暴力を振るう男をひそかに「あちらの世界に送り込む」仕事にも手を染めているという設定だった(その後、BOOK3が翌10年に出た)。

昔は女性を描くのが苦手でしたが、だんだん自由に楽しく描けるようになってきました。[中略]現代は女性のほうがシャープで大胆だし、自分の感覚に対して自信を持っているから描きやすい。[中略]少しずつでもいいから描く人物の幅を広げて、物語を刺激していきたいと考えています。(「毎日新聞」09年9月17日朝刊)

長編と短編の違いはあれ、今作の「彼女」も、作家が「自由に楽しく」描いたことがうかがえるし、ある面では「自分の感覚に対して自信を持っている」人物といえる。思い出せば、初期の村上作品では語り手である主人公の若い男性＝「僕」が抱える喪失感や、不思議な成り行きで巻き込まれる寓話的な冒険が圧倒的なリアリティーを持っていた。それに対し、女性は何となく脇役で、いくつかの決まった役割を与えられているように見えなくもなかった。確か、かつてはそのような批判も出ていたと思う。

しかし、話はやや横道にそれるが、前述の国際シンポジウム「春樹をめぐる冒険」でデンマーク人の翻訳家、メッテ・ホルムさんがこう述べていたことに、最近気がついた。

村上作品は女性に投影される男性、逆に男性に投影される女性、あるいは女性同士、男性同士を反映していると思います。「村上を読むと、自分が主人公のような気がする」と、［読者から］よく言われます。［中略］男性であっても女性であっても、同じ感情を共有させてくれるのです。

これは村上文学における「女性の描き方」を考えるうえで注意していい発言のように思われる。つまり、なぜ村上作品が世界で男女を問わず受け入れられるかという秘密を解くためのヒントだ。直接、男性・女性がどう描かれるかを見るだけでは十分でない。「女性に投影される男性」もあれば「男性に投影される女性」もある。さらに「女性同士、男性同士の反映」も。

男性が語り手だから男のほうが感情移入しやすいといった単純な問題ではないのだ。

それはそれとして、「謝肉祭（Carnaval）」における「彼女」の人物造形はやはり非常に印象的である。

☆

「善悪の同時存在」に関しては、村上文学において一貫して重要な、というより基底を成すテーマであることははっきりしている。分かりやすい例を挙げるなら、この作家の地下鉄サリン事件（1995年）に対する関心がある。村上さんは事件の被害者らの証言をまとめた『アンダーグラウンド』、オウム真理教信者らに取材した『約束された場所で』（1998）という二つのノンフィクション作品を書いた。

両作品の刊行当時、それぞれインタビューに応じてもらったが、一連の仕事について、作家はこのように話していた。

第二次大戦が終わって、日本人は非常に「善なるもの」を目指した。［中略］でも、戦後50年間、経済復興と高度成長、バブルを経て、「善なるもの」がだんだん透けて見えてきた。平等にもなってないし、先のビジョンもクリアではないし、カネはできたけど（笑）。

現在、そういう崩壊した「善」の裏返しに、「悪」というものが浮かびあがってきてると思う。［中略］麻原［彰晃］にも、動機としての「善」の裏に隠れている対抗存在としての「悪」の怖さを感じます。（いずれも「毎日新聞」98年12月9日夕刊）

もう4半世紀も前の事件だから、念のため注記すると、文中の「麻原」はオウムの教祖で2018年に死刑が執行された人物である。そして、村上さんがオウムの犯罪そのものを断罪されるべき「悪」と見ているのは言うまでもない。だが、「それだけでは済まない」大きな問題が背景にあると考えたのだ。

いま振り返って、どんなにオカルト的で異常な犯罪集団としか映らないとしても、戦後社会に何らかの不全さを感じ、埋め合わせてくれるものを求めてオウムに身を投じたかつての若者たち一人一人を取ってみれば、そこに「善なるもの」への志向があったことも否定できない。筆者はそう思う。

村上ファンには周知の通り、二つのノンフィクションから約10年後に書かれた『1Q84』には、オウムを思わせる宗教組織が登場し、リーダーの男が「青豆」と対決する。このリーダーの語る思想は、簡単に善とも悪とも言い切れないように描かれている（もっとも、リーダーの人物像自体はオウムの教祖とは別ものだが）。小説中に現れる「リトル・ピープル」という架空の存在もまた、「善悪を超えている」が、「ある場合には悪しき物語を作り出す力を持つもの」（前掲09年インタビューでの村上さんの発言）である。

そうして考えていくと、この作家にとって「善悪の同時存在」という問題の根は、かなり深いところにあることが見えてくる。少なくとも、１９６０年代末から70年代初めにかけての学生運動で、まさに「動機としての『善』」がその「裏に隠れている『悪』」の噴出によって悲惨な結末を迎えたことに、一つの根はあるだろう。さらにさかのぼっては日本の先の戦争、また時代を下っては世界各地の民族・宗教紛争や、日本の震災、原発事故をはじめとする（人的）災害への関心にも、その根はつながっていると思われる。こうした感触は、筆者が過去のインタビューで作家自身から聞いた話に基づくものだ。

とはいえ、そのような問題意識の持ち方は特別なものではない。現に、私たちはオウム事件の際、そこにあぶり出された、目を背けたくなるようなおぞましさ、むごさを前に、一人一人が自らの「内なるオウム」を見つめる必要を感じたのではなかっただろうか。とりわけ筆者を含む当時30代前後の世代にとってのあの事件は、上の世代の連合赤軍事件（72年）に匹敵する意味を持ったともいえる。ただし、その内省作業を持続し、具体的な思考や行為に結びつけられているかどうかは、それこそ村上作品によって問われ続けているといっていいわけだが。

いささか話を膨らませすぎたようだ。小説の登場人物でいえば、最新長編『騎士団長殺し』に出てくる「免色《めんしき》」という、やはり善悪が表裏一体となったような男性も思い浮かぶ。そして、「仮面と素顔」を一つのキーワードとする新作「謝肉祭（Carnaval）」は、間違いなくこうした作家の問題意識の系列に位置している。

《December》

「世界文学」としての存在感

その発言に会場を埋めた約400人の聴衆から拍手が湧き、シンポジウムは締めくくられた。

「世界文学」という言葉をどんなふうに定義しても、村上春樹は世界文学です。

「村上春樹と国際文学」をテーマとするシンポジウムが開かれたのは2019年11月28日夜、会場は東京都新宿区の早稲田大学国際会議場井深大記念ホールである。発言者はマイケル・エメリック米カリフォルニア大学ロサンゼルス校（UCLA）教授。これは、早大に21年春完成予定の国際文学館（通称・村上春樹ライブラリー）オープンに向けての最初の記念企画だった。（後日談：新型コロナウイルスの感染拡大により、開館は21年秋に延期された。第7章《April》参照）

この催しに村上さん本人は出席しないことが事前に明らかにされていたにもかかわらず、1000人を超える申し込みがあり、大学では抽選に外れた熱心なファンのため構内の教室に別会場を用意し同時中継するほどだった。

2部構成で、第1部では村上さんの長編小説を原作に蜷川幸雄（1935〜2016年）の演出で12年以降、日本とロンドン、ニューヨーク、シンガポール、ソウルなどで公演を重ねてきた舞台「海辺のカフカ」の一部の場面が特別上演された。第2部は「村上春樹と『翻訳』」と題し、米文学者・翻訳家の柴田元幸さんの司会で、作家の川上未映子さん、日本文学研究者・翻訳家のエメリックさん、作家・翻訳家で早大准教授の辛島デイヴィッドさんがパネルディスカッションを行った。

先のエメリックさんの力強い発言は、第2部の討議の終わりに聴衆から受けた質問の最後、「村上文学は世界文学と言っていいか」という問いへの答えである。その前に辛島さんが、「世界文学をどう定義するかによって議論はなされるが、［村上作品は］これだけの数の言語で読まれている。個人的にはそう言って差し支えないと思う」と述べたのを受けての、ウイットに富む断言だった。

当日の模様を、順を追って簡単に報告しておこう。

上演された舞台「海辺のカフカ」は、猫の言葉が分かる不思議な能力を持つナカタ老人が、猫たちと話をする場面だった。着ぐるみを身につけた俳優の演じる3匹の猫が登場し、ユーモラスな身ぶりや、ナカタとの会話で何度も場内の笑いを誘った。幕となった後、ナカタ役の俳優、木場勝己さんと、新潮社の編集者、寺島哲也さんとのトークがあった。木場さんは初演以来、19年2月のパリ公演までずっとこの役を務めている。パリでは村上さんも劇場に足を運び、「海辺のカフカ」の舞台セットを背景にフランスの学生たちと公開での対話に臨んだ。

その際、印象に残ったこととして木場さんは、女子学生が作品のテーマや「愛」について質問したのに対し、「村上さんは答えを避けていた」と、次のように話した。

僕は物語を作る［のが役目だ］、と。俳優は舞台の上でドラマが生まれるように演技をしているが、［村上さんの話を聞いて］僕たちは物語を生み出す仕事なんだなと思った。

また、猫と語り合う場面の演技について聞かれ、木場さんは「小説では文字で会話をする［ように描かれる］が、俳優は生身で発語しなければならない。［観客に］受け止めてもらうためには、エイッと力を入れる必要があった」と難しさを語った。

この舞台は初演からの7年間に、国内外の計131回のステージで延べ10万人を超える観客を集めたという。この日、いわば132回目のステージを踏んだ木場さんは「おそらく『海辺のカフカ』を［私が］再びやることはない。最後の舞台になると思う。ありがとうございました」と万感の思いを込めて頭を下げた。

パネルディスカッションは冒頭、柴田さんが川上さんに「毎日出版文化賞の受賞、おめでとうございます」と祝いの言葉をかけるところから始まった。ちょうど同じ日の午後、都内で開かれた同賞の贈呈式を終えた足で、川上さんはその場に駆けつけていた。受賞作『夏物語』が翌年、英米など海外で翻訳・刊行される予定であることも議論の中で紹介された。

この日の討議で最も熱を込めて話され、また興味深くもあったのは、川上さんによる「村上春樹と次世代作家の影響関係」なのだが、それは次節で紹介することとし、ここでは他の部分をかいつまんで、特に「世界文学」性に焦点を当てて報告する。要するに、それほど盛りだくさんな感想を抱かせる中身の濃い議論だったのだ。

☆

辛島さんはロンドンの有名書店「フォイルズ」に並んだ村上作品の写真などをスクリーンに投影しつつ、村上文学が英語圏で持つ「特別なポジション」について語った。1979年生まれの辛島さんは2018年、村上さんが英米出版界で重要な作家と見なされるようになっていく経緯を詳しく追った著書『Haruki Murakamiを読んでいるときに我々が読んでいる者たち』(みすず書房)を刊行した。同書は作家本人をはじめとする関係者への綿密なインタビューに基づく資料価値の高い、また面白い読み物だが、この日の話では日本の文学作品が英語圏で翻訳・紹介される際の構造的な問題を指摘した。

つまり、現代英米作家が主に短編と長編という二つのフォーマットで書き分けるスタイルなのに対し、日本では新人作家の多くが中編に当たる長さの作品でデビューするといった事情により、かつては英訳版の出版にミスマッチが生じていたという。

村上さんの場合も、初めは米国の雑誌に合わせてまず短編が、改編を施される形で掲載され、長編も一部を削るなど編集の手を加えられて出版されたが、今では大長編も含め「大胆な圧縮なしの刊行」が実現している。同時に、金原ひとみ作『蛇にピアス』、村田沙耶香作『コンビニ人間』など若手の中編も翻訳されるようになった。こうした変化は「村上春樹という作家が切り開いた道でもある」と辛島さんは述べた。

1975年、ニューヨーク生まれのエメリックさんは、日本語の勉強を始めたばかりの93年のクリスマスに、両親から村上さんの英訳版短編集『象の消滅』をプレゼントされた思い出を披露した。この短編集は同年3月、米国で最も権威ある文芸出版社のクノップフから村上さんが出した最初の本（日本語版が2005年刊）であり、米国における作家としての本格的なキャリアをスタートした「転換期」を象徴していた。エメリックさんは、これが「日本文学が『日本』を意識する必要を、それほど読者に感じさせない時代へ」の転換でもあったと強調した。

それまで米国で読まれていた谷崎潤一郎や川端康成、三島由紀夫らの作品は、読者にとってまさに「日本」への興味が先にあった。しかし、村上作品の登場は、一方で引き続き「地域研究」、すなわち「日本」という地域への関心に応えるとともに、もう一方では「初めて日本社会、日本文化を意識しなくても読める」「世界文学的な読み方が可能」なものという「二つの享受法」を確立させたという。こうした意味で、「日本文学の長い歴史において一つの大事件」ともエメリックさんは表現した。

以上のような議論を経て、最初に記した聴衆との質疑応答が生じたわけだが、個人的な備忘メモを付け加えさせてもらえば、筆者は十数年前、雑誌に「同時代現象としての『村上春樹』」という短文を書いたことがある（『遠近（をちこち）』12号、06年8月）。これは『海辺のカフカ』刊行の4年後、短編集『東京奇譚集』（2005）の翌年というタイミングに当たり、村上作品は当時「30を超える言語に翻訳」されていた（19年現在は50言語以上）。

1979年のデビュー時にさかのぼり、「必ずしも文学愛好者ではない、ごく普通の同時代の日本人にとって『村上春樹』とはどのような存在であったのか」を探ろうとしたその文章の最後に、筆者はこう記していた。

21世紀の現在、村上氏は、過去の日本の作家が誰一人経験したことのない「世界性」のなかに立っている。

言うまでもなく、これは筆者の発見ではなく、当時すでに村上文学が「世界文学」化していたことの手近な目印に過ぎない。村上さんはその2006年、アジア圏の作家として初めてフランツ・カフカ賞を受賞している。

あるいは、それは「9・11」テロ事件から5年後だった一方で、まだリーマン・ショック（08年）も、「3・11」の東日本大震災・福島第1原発事故（11年）も起きていない時点だ。あまり関係ないかもしれないが、小泉純一郎内閣から安倍晋三内閣（第1次）に変わった年であり、米大統領はブッシュ（子）氏、オバマ氏やトランプ氏の登場する前でもあった。ただ、「世界文学」性を持つとは、そのような視野の内で論じうることを意味するだろう。

いずれにしても、あれから一定の時間を経て、村上春樹ライブラリーと通称される「国際文学館」が誕生しようとする場所で、「世界文学」としての存在感が（日本人以外によって）断言されたことには、いくぶんの感慨を禁じ得なかった。

未発表作のサプライズ朗読

ちょっと信じられないほど思いがけない体験だった。村上春樹さんの未発表の新作を、それも作家本人の朗読によって聴くことができたのだ。約450席の会場を埋めたファンの中には、1週早いクリスマスプレゼントのように感じた人もいたのではないか。そういえば、これまでの村上さん関連のイベントと比べても、その夜は外国人の姿が目立つように思われた。

2019年12月17日夜、東京の紀伊國屋サザンシアターTAKASHIMAYA（住所は渋谷区だが新宿駅南口近くにある）で行われた「冬のみみずく朗読会」でのことである。作家の川上未映子さんが聞き手を務めた村上さんのインタビュー集『みみずくは黄昏に飛びたつ』の文庫版が刊行されたのを機に、新潮社が開催した。

朗読したのは村上さんと川上さん。合間のトークには、ゲストとして写真家で編集者の都築響一さんも参加した。都築さんは以前から村上さんと親しく、エッセイストの吉本由美さんを加えた3人で国内外の秘境などを訪ねた旅行記も出版している（第2章《March》第1節参照）。

村上さんが国内で朗読を披露すること自体、珍しい。朗読は2人の作家が交互に行ったが、村上さんは終始リラックスした様子で、ジョークも連発した。初めに川上さんが自作の長編小説『あこがれ』の一部、村上さんが短編「四月のある晴れた朝に100パーセントの女の子に出会うことについて」を読み、次に川上さんが最新長編『夏物語』の一部を朗読した。『夏物語』は女性による大阪弁の会話が特徴の一つだが、その語りを大阪出身の作家（歌手でも俳優でもある）が歌うように「演じて」みせた朗読は美しかった。

自分の順番になり、村上さんは「僕も関西生まれなんで、関西弁で話してもいいんだけど、2人で話してると関西漫才みたいになるんで」と笑わせた。実はこの後、「僕は京都生まれとなってるけど、母が実家のある大阪の病院で産んだので、出生届は大阪生まれになっていた。京都に住んでたんで、京都生まれでいいんだけど」という、これ自体、聞き捨てならない「新事実」をも口にしたのだが、聴衆が一斉に沸き返ったのは次の言葉を聞いた時だった。

数週間前に書いたばかりの作品を読みます。未発表の短編です。恩を売るわけじゃないけど（笑）。

「年明けにどこかの雑誌に載る」という作品のタイトルは「品川猿の告白」。自ら明かしたように、短編集『東京奇譚集』に書き下ろしで収められた「品川猿」という作品があり、「『作中に登場する』品川猿がそれからどうなったか、いつか書こうと思っていた」続編である。書き上げたのは400字詰め原稿用紙で47、48枚の長さだが、これを読むと「50分ぐらいかかる」ということで、この日は「朗読用短縮版」の特別バージョンが披露された。

そのようにして、作家自身によって読み上げられた新作はとても楽しく、ファンにとってはまさに垂涎というべき面白さだった。語り手の「僕」が群馬県の温泉宿で、「品川猿」と名乗る猿と出会う。この猿は人間の言葉を解し、よくしゃべる。「僕」との会話そのものが愉快なうえ、村上さんは猿のせりふの時は声色を変え、身ぶり手ぶりを交えて読むので、いっそうおかしい。会場は抱腹絶倒の嵐、笑い声が絶えなかった。もちろん単なる笑話でなく、内容は現代人の抱える欠落や、ゆがんだ欲望を暗示するものでもあるのだが、作家の意外ともいえる演技的な朗読の巧みさに心を奪われる時間だった。

☆

ちなみに、『東京奇譚集』が出た直後、筆者は「品川猿」についてこんなコラムを書いた。

村上作品で「動物」が重要な役割を果たすのは珍しくないが、気になったのは登場の仕方の違いだ。従来は、どのような奇抜なキャラクターでも読者はごく自然に受け止めることが可能だった。つまり、そのように書かれていたのだが、この「猿」の登場には読んでいてギョッとさせるものがある。勝手な推測でいえば『東京奇譚集』収録の5編の中で「品川猿」だけが、長編にも通じる「デーモン（悪魔、魔力）」を抱えているということなのかもしれない。（「毎日新聞」２００５年10月２日朝刊）

村上さんが時々短編から発展させる形で長編を書くケースがあることを念頭に記した当てず

っぽうだったが、「品川猿の告白」の猿、少なくとも朗読用短縮版における猿には、「ギョッとさせるもの」がさほど感じられなかった。この違いは何かを意味するのだろうか。

そして、近く雑誌に発表されるらしい「品川猿の告白」は、18年から書き継がれてきた連作短編「一人称単数」の最後の一編に当たる。そういえるのは、それこそ『みみずくは黄昏に飛びたつ』の文庫版に増補された19年9月の対談の中で、川上さんが「春樹さんはこのあと、短編小説をあと二つお書きになって短編集にまとめられるんですよね」と確認してくれているからだ。本章《November》第2節で紹介したように、その後、11月発売の文芸誌に「あと二つ」のうち一編「謝肉祭（Carnaval）」が発表されたので、一人称の「僕」を語り手とし、また「音楽」がある役割を果たす（ブルックナーの交響曲が出てきた）「品川猿の告白」が、残る未発表短編なのは決まりだろう（第4章《July》に後述の通り、20年7月、『一人称単数』が刊行された）。

さて、「品川猿の告白」の朗読は、都築さんを交えたトークを挟んで、前後半に分けて30分ほど続いた。村上さんは「けっこうあごが疲れる」から分けたと話していたが、それだけ猿の声色の演技（？）に熱が入っていた証拠だろうか。

さらに川上さんが自ら現代語訳した樋口一葉『たけくらべ』の冒頭部分を読んだ後、アンコール的な「ギフトリーディング」として2人が互いの作品を朗読し合った。村上さんは川上さんの長編『ヘヴン』の一部、川上さんは村上さんの代表作『ノルウェイの森』から選んだ2カ所を読んだ。特に、村上さんが川上作品をあらかじめ熟読したうえで、自作を読むのと同様に手ぶりを交えながら熱心に朗読していたのが分かり、印象的だった。
ここで、前述の早稲田大学でのシンポジウムにおける川上さんの発言に話を移す。彼女がパネルディスカッション「村上春樹と『翻訳』」で、パネリストの1番手として語ったのは「村上春樹と次世代作家の影響関係」という興味深いものだった。かいつまんで要約すると、次のようになる。

私たちの世代［川上さんは1976年生まれ］が村上さんから受けた影響は二つある。一つは作家としてのあり方。村上さんは文壇と距離を置き、作品の世界観にも初期はデタッチメント［無関与］の姿勢があった。また海外で評価され、日本の文学ではかつてないほど広く読まれた。「こんなふうにしていい、こんなふうに書いていい」という風通しの良さを後進の作家は受け取ったものの、それは具体的なモデルにはならない。空前絶後の特異点として記憶されるのではないか。もう一つは、文章そのものによる影響で、これも村上作品の影響を受けた作家は多いといわれる割に具体的な例はあまりない。文章についても村上さん独特の技術があるからだ。

とはいえ、私は村上さんの文章技術から学ぼうとしているし、これからも学びたい。その技術にも二つあって、一つは情景描写の巧みさ、もう一つは情報の「まとめ」のうまさだ。「まとめ」に関して、普通の書き手はディテールをそぎ落とすタイプと、ディテールを積み上げるタイプに分かれるが、村上さんの場合は両方が異様な強度でせめぎ合い、増幅されてくる——。

パネル討議の会場で川上さんは、『世界の終りとハードボイルド・ワンダーランド』や『ノルウェイの森』などの文章を具体的に引用しながら、実作者ならではの分析を加えた。そこで筆者が感じたのは、1949年生まれの村上さんと川上さんとの27歳という年齢差である。川上さん自ら「村上さんがデビューした時、私は3歳だった」と話したが、筆者のように80年代からほぼリアルタイムで村上作品を読んできた——言い換えれば「村上春樹が村上春樹になる過程を見てきた」——世代とは異なり、川上さんの世代は初めから「既に村上春樹として存在する村上春樹」の作品を読んできたのだ。そこには、やはりなにがしかの受け止め方の相違がある気がする。今後さらに世界で増大するであろう村上文学の読者層を考えれば、彼女らの読み方のほうが普遍的といえるかもしれない。

さらにいえば、村上さんが川上さんを対話や朗読などのイベントの相手として「選んで」きた理由も、一つはその世代差にあるように思われる。もちろん、何よりも川上さんの村上さんに対する真摯で、かつ過剰ではないリスペクト（敬意）の姿勢が前提だろうし、川上さんの作家としての力量も当然として、頭でっかちな論理をふりかざさない態度や関西出身者同士のノリの良さもあるに違いない。しかし、同時に親子ほどの年齢差が、いろんな意味で村上さんの気持ちを楽にさせ、『みみずくは黄昏に飛びたつ』で示されたような川上さんによる鋭い質問の切り込みを許容させている理由ではないか。

万町
CREA
早川倉庫

Chapter2
2020年１～３月

「生き埋め」、対立する父子

1月20日　新型肺炎で「ヒトからヒト」への感染を中国衛生当局が確認▼28日　武漢市からの訪日客を乗せたバス運転手が感染。国内初の確認例▼31日（日本時間2月1日）英国がＥＵ離脱▼2月26日　安倍晋三首相が大規模行事など、2週間の自粛要請▼27日　ＮＹ株式市場、過去最大の下げ幅▼3月11日　ＷＨＯがパンデミック表明▼24日　東京五輪・パラリンピックの1年延期決定▼26日　東京都と隣接4県が住民に外出自粛を共同要請

《January》

加藤典洋さんはどう読むか？

２０１９年12月の朗読イベントでの「予告」通り、村上春樹さんの新作短編「品川猿の告白」が『文學界』２０２０年2月号に発表された。連作短編「一人称単数」の「その７」である。作品の末尾に目を凝らしたが、通常の掲載作品と同様に「了」と記されているだけで、連作がこれで完全に終わったのかどうかは明確にされていない。でも分量の面からは、7編で十分に一冊の本になるだけの長さに達しているから、遠くない将来に短編集が出るのは間違いないだろう。いや、読者としてはそう期待したい。これまでのパターンでは単行本化に際して書き下ろしが1編加えられることも多かったので、今回もそうなる可能性はあるが、タイトルがどうなるかを含めて――「一人称単数」は暫定的なものに思える――これ以上の臆測は控えよう。（後日談：予想は半ば当たり、半ば外れた。短編集については第4章《July》参照）。

「品川猿の告白」の内容は、村上さんが朗読した通りのものだった。ただ、あの場で聴いたのは相当短縮されたバージョンのはずなのに、活字になった本編を読んでも、どこが削られていたのか、あまりよく分からない。つまり「エッセンスは残して、うまく削っていた」わけで、書いた本人が短縮したのだから当然といえば当然なのだが、手品を見せられたような気がするのは筆者だけか。もう一つ(困ったことに?)、猿のせりふの部分になると、イベントで声色を変えて読んでいた作家の声がよみがえり、それとともに笑いがこみ上げてどうしようもなかった。いわば、純粋に一編のテキストとして読むことができなくなっているのだ。

「品川猿の告白」は、前節で触れたように、短編集『東京奇譚集』に収められた「品川猿」の続編である。したがって、村上作品の読者ならば、両作を比較してみたくなるだろう。筆者もさっそく「品川猿」を再読したが、そのうえで参照しようと考えたのが加藤典洋さんの長編評論『村上春樹の短編を英語で読む　1979〜2011』である。文芸評論家の加藤さんは1948年生まれで、作家と同じ団塊世代に当たるというのみならず、同世代では初期から最も丁寧に村上作品を読み込んできた「伴走者」と見られている。惜しくも病気のため2019年5月に亡くなった。同書は11年刊行だが、没後に上・下巻のちくま学芸文庫版が出版された。

原著刊行時点で80編に上った村上さんの短編小説、その中でも英語に翻訳された作品に焦点を当てることを通し、長編も含めた作品世界の全体像を解き明かそうとした意欲的な本だ。前提として、加藤さんには既に『村上春樹イエローページ』という長編小説を詳細に分析した仕事があり、今度は短編の世界を踏査しようという明確な意図のもと、大学で英語による講義をおこない、それを日本語でまとめた――という成り立ちからして斬新である。この中では、加藤さん独自の分類による初期・前期・中期・後期にわたる、すべての時期の短編を検討しているが、特に14編を綿密に論じている。その最後に取り上げたのが、11年時点では最新の短編だった「品川猿」なのだ（文庫版では下巻）。

「品川猿」の主人公は東京の品川区に住む26歳の女性で、１年前から自分の名前がふとした時に急に思い出せなくなるという奇妙な症状になる。そこで、区役所に新しくできた「心の悩み相談室」を訪れ、40代後半の女性カウンセラーに出会う。このカウンセラーは、主人公から家庭環境や生育歴などを聞き取っていき、その中から「名前忘れ」の原因を見いだす。ついに名前を「盗み出した犯人」を突き止めるが、驚くことに、それは「地下にすむ」一匹の猿だった、というのが大まかな筋だ。

加藤さんは、実に丹念な読み込みによって、この短編の「カウンセリング小説」としての、またエドガー・アラン・ポーばりの「探偵小説」的な特徴を明らかにしていく。カウンセラーのモデルとして、村上さんが信頼し、深い対話を交わした心理学者の河合隼雄（１９２８〜２００７年）を挙げるなど、興味深い指摘が随所に盛り込まれていた。

とはいえ、「品川猿」を取り上げた章の題が「自分への旅」となっていたごとく、「名前忘れ」に陥る女性の描き方には、作家自身が「自分の深い『心の闇』」への「反省」をこめていたのではないかと論じたところが、加藤さんの主眼である。１９９１年発表の短編「沈黙」、長編『ノルウェイの森』、さらに当時最新の長編『１Ｑ８４』といった作品と自在に関係づけながら展開される考察は、繊細にして周到かつ大胆な推測に基づくもので、要約が難しい。

ごく簡略にいうと、「品川猿」の女性は、生まれてから一度も「嫉妬の感情」を経験したことがない、そのように思い込んで生きてきた。しかし、それは人間として不自然なことであり、実は女性自身も意識しないうちに「抑圧」した感情を抱えていたのだ。そのことが、名前を盗んだ犯人であり、人間の言葉を話す猿の口によって明らかにされる。これは『ノルウェイの森』を一つの典型とする中期までの村上作品の男性主人公が、『嫉妬』も『憧れ』も感じない属性の持ち主」として「肯定的に」描かれてきたことからの、作家の「自省」に基づく転換を意味するのではないか、というのが加藤さんの提示した見方だった。

☆

この論の当否を考えるのは、筆者の手に余るし、しない。しかしながら、こうした読み方に対して、では、続編の「品川猿の告白」はどう書かれているか、という視点で見てみると、すぐに明らかな違いに気づく。すなわち、もはや主人公は女性ではなく（別の女性は出てくるもの）、猿が主人公になっているのだ。

言い換えれば、「品川猿」では、女性の「心の闇」を指し示す存在、あるいは女性に代わって隠されている問題を内面の声として語る存在にすぎなかった猿が、「品川猿の告白」では、自らの「心の闇」を、あるいは内面に抱える問題を「告白」する主体的な存在に変わっている。問題の設定自体が、「名前を盗まれる側」から「名前を盗む側」へ置き換わっているともいえる。新作を加藤さんが読んだとしたら、この変化をどのように論じるだろうか。

村上さんは常々、自作を論じた書評や評論は読まない、と語ってきた。だから、筆者も作家に取材する機会があっても、特定の作品論に関する感想を聞いたりしたことは、全くといっていいほどなかった。一方で、加藤さんとの間では、共通の関心の対象である村上作品について、しばしば話すことがあった。この人が書いた膨大な村上論も、全部ではないがかなりの部分は読んできた。それらを通じ、多くを教えられ、ずいぶん影響を受けたと思う。

そういうわけで、「村上春樹と加藤典洋」というテーマには興味がある。そもそも二人はどこかで顔を合わせたことがあるのかどうか、よく知らない。確か加藤さんが、村上さんの登場する海外でのイベントに、初めは出席するつもりだったが、当日になってやはりやめた、というようなことを書いていた。批評家と作家の関係とは、それほどまでに微妙なものかと感じた。ただ、村上さんの側も同世代の、大学はちがえど60年代末から70年代にかけて同じ「政治の季節」の空気を吸った批評家、それも自作について、あまたいる批評家の中でもずばぬけて熱心に論じた人を意識しないはずはなかっただろうという気がする。

今、同じ時代の「空気を吸った」と簡単に述べたが、二人の間に何か通じ合う部分があったとすれば、このあたりではないかという例を、推測にすぎないが、挙げてみる。村上さんの初期短編「ニューヨーク炭鉱の悲劇」（81年発表、短編集『中国行きのスロウ・ボート』所収）に対する加藤さんの読み解きである。何度か同趣旨を論じているが、『村上春樹の短編を英語で読む』の第4章（文庫版では上巻）に従って書くことにする。

結論を先にいえば、この短編は一見すると「わけがわからない」謎めいた作品なのだが、70

年代の新左翼運動における「内ゲバ」すなわち「左翼学生組織間・組織内の衝突」による死者を描いたものと考えると、よく分かるというのが加藤さんの「仮説」だった。内ゲバは「学生運動の完全な『末期的症状』」として一般社会から深い関心を持たれることなく、その犠牲者も見放されていったが、作家は「彼らを『地下』の坑内に『生き埋め』になった坑夫たちに見立て」「彼らの生の気配に『耳をすませる』物語を書こうと」したのではないか、と。

十数年前、その「仮説」を加藤さんと雑談していて、本人から聞き、びっくりした記憶がある。確かに、これは一連の加藤「村上論」の中でもとりわけ鮮やかな解釈で、おそらくは当っているだろうと思わせる力がある。そのポイントは「生き埋め」にある。

つまり、内ゲバには関わらず、したがって直接、肉体的物理的に傷を負ったのではないとしても、あの学生運動をくぐった人々は、多かれ少なかれ精神的には「生き埋め」に似た状況を経験したはずであり、そこには、いってみれば、ある共通する心の風景が広がっている。

さらに、ここが重要なのだが、作家が物語の中でしばしば先の戦争を描き、批評家が生涯を通じ「戦後」を問い続けた理由も、戦争・敗戦・占領の時代には別の形で「生き埋め」になった――「生き埋め」の状態を生きた――人々がいたという問題意識と結びついているに違いない。そう考えていくと、現在の社会にもさまざまな様相で「生き埋め」になっている、「地上」へ向かって叫んでも声が届かずにいる人々がいることを思わざるを得ない。これは常に今の問題であり、そうした「耳のすませ方」を持つからこそ、彼らの小説、評論は普遍性を持つ。それが文学の力だとはいえないだろうか。

《February》

「翻訳家・村上春樹」(その1)

「翻訳家・村上春樹」の話をしよう。

村上さんにとって翻訳が大切な仕事であることはよく知られているし、本人も「翻訳は趣味」と語り、また「写経」や「写本」にも喩えてきた。それほど親しく、日常的な作業であるということだが、実際、自作の執筆と並行して、アメリカ文学を中心とする数多くの作品の翻訳、紹介に積極的に取り組んできた。長編小説にかかりきりになっている時期以外は、ほとんど毎日のように翻訳を続けてきたようだ。村上訳によってアメリカ文学の魅力に目を開かれたという読者も少なくないだろう。

最近の翻訳の仕事で、まず注目すべきなのは、2019年6月刊行の『ある作家の夕刻――フィッツジェラルド後期作品集』(中央公論新社)である。本書の最初の節で、スタン・ゲッツの村上訳評伝『スタン・ゲッツ　音楽を生きる』を取り上げた際、村上さんがゲッツの音楽を米作家、スコット・フィッツジェラルドの文章と類比していることに触れた。これは今に始まった話ではないことも述べたが、例えば19年10月に亡くなった和田誠さんの絵に文章を付けた『ポートレイト・イン・ジャズ』のゲッツの章に、村上さんは書いている(そういえば『ある作家の夕刻』の装丁・装画も和田誠事務所によるものだ。数ある和田・村上コラボの本の最後ということになろうか)。

僕はこれまでにいろんな小説に夢中になり、いろんなジャズにのめりこんだ。でも僕にとっては最終的にはスコット・フィッツジェラルドこそが小説(the Novel)であり、スタン・ゲッツこそがジャズ(the Jazz)であった。

この簡単な引用だけでも、いかにフィッツジェラルドを特別な存在と見なしているかが分かるが、そもそも村上さんが刊行した最初の翻訳がフィッツジェラルドの作品集『マイ・ロスト・シティー』(1981、現在は中央公論新社・村上春樹翻訳ライブラリー)だった。文字通り「翻訳家・村上春樹」の原点である。筆者も学生時代に84年刊の文庫版を買って読んだ。

フィッツジェラルドは1920年代のアメリカ文学を象徴する作家だ。20年代の米国は(気がついてみれば、もう100年ほどたつわけだが)欧州を戦場とした第一次世界大戦の戦勝国として、英国に代わって世界をリードする大国となり、経済的にも一つの絶頂を迎えた。人々の生活は豊かになり、株価は高騰し、映画や音楽といった大衆文化も世界的な影響力を高めた。「ジャズ・エイジ」と呼ばれる、その華々しい時代を文学の面で体現したのがフィッツジェラルドだった。20年のデビュー作『楽園のこちら側』がベストセラーとなり、同年に結婚した妻ゼルダとの奔放で破滅的な暮らしそのものが注目を浴び、それを次々に小説化するとともに、長編『グレート・ギャツビー』（1925）で文学的にも高い評価を受けた。しかし、29年の大恐慌で米経済が暗転するのと軌を一にするように、フィッツジェラルドは時代の寵児の座を去り、妻の病や自身がアルコールに溺れたこともあって、失意のうちに40年、心臓発作で死去した。まだ44歳だった。

また、彼はヘミングウェイらとともに「ロスト・ジェネレーション（失われた世代）」を代表する作家の一人とされる。この場合は第一次大戦の戦後世代を襲った既存の価値観に対する不信、社会の繁栄と表裏をなす不安感の表明という側面が強い。

村上さんは79年に『風の歌を聴け』で群像新人文学賞を受賞してデビューするが、その時点で既にフィッツジェラルド作品の翻訳は始めていたようだ。受賞作が掲載されたのは『群像』6月号だが、早くも同年の雑誌『カイエ』8月号に最初の翻訳短編小説「哀しみの孔雀」が載った。その同じ号で、村上さんは評論家の川本三郎さんと対談している。この今や歴史的な対談は川本さんによるインタビューという形になっており、デビュー直後から異色の新人として、いかに（まだ一部で、とはいえ）話題になったかが分かる。

対談で村上さんは「（アメリカの小説で）フィッツジェラルドとカポーティとボネガット、この三人がいちばん好き」と話している。村上さんが『風の歌を聴け』の冒頭部分を初め英語で書き、それを日本語に訳して文体を作ったという話は有名だが、このエピソードを語ったうえで、翻訳による文章修業はフィッツジェラルドの小説でやったと述べていた。また、次のような興味深い発言をしている。

フィッツジェラルドのすぐれたとこってのは、あれだけ破滅的な生活を送っていながら、非常に宗教的、道徳的というか、ピューリタンの感覚がものすごく強い。［中略］あの人は三十いくつで、才能がもう涸れちゃった、あとはもう書けないと自分で思ってた人なんですね。それでも必死に、なんか書きつづけるし、たとえば『夜はやさし』みたいないいものを書くんですね。ああいうなんか業みたいな、書く人間の姿勢みたいなものにすごく感動する。

翌80年の『群像』3月号に自身の第2作『1973年のピンボール』を発表した後、今度は文芸誌『海』から翻訳の依頼が来たらしい。村上さんが最も早い時期に一般紙に書いたと思われるエッセー（「朝日新聞」同年11月12日夕刊）に、16歳で初めてフィッツジェラルド作品を読んで以来の「つきあい」がつづられている。見出しは「フィッツジェラルドの魅力」（この稿では表記がフィッツジェラルドになっている）。

春先に『海』から、一九二〇年代の海外文学シリーズの一環としてスコット・フィッツジェラルドの未訳の短編を幾つか訳してみないか、という話があった。［中略］三編を選んで翻訳にとりかかったのだが、素人の悲しさというべきか、四百字詰一四〇枚ばかりの翻訳にとうとう半年もかけてしまうことになった。

この3編は80年の『海』12月号に発表され、別の二つの雑誌に掲載された計3編（うち1編が「哀しみの孔雀」）の訳と合わせて、81年に作品集『マイ・ロスト・シティー』が出ている。なお、この本の冒頭に村上さんはエッセー「フィッツジェラルド体験」を書き、これがフィッツジェラルドの紹介とともに自身の青春の日々をも語っていて、いわば将来の「村上春樹伝」作者には必読の文献ともなっている。

☆

『ある作家の夕刻』は、フィッツジェラルドの残した作品のうち、1930年代以降に書かれた短編小説8編とエッセー5編から成る。フィッツジェラルドは80年代以後の日本で、まさに村上さんを中心とする翻訳の努力により、よく読まれるようになったが、ここに収められたのはいまだ「それほど熱心に読まれていないように見受けられる」（訳者あとがき）不遇な時代の作品だ。この中には、『マイ・ロスト・シティー』で訳したうちの2編が、「今回ゼロからあらためて訳し直した」という新訳で入っている。

特に、かつての表題作が、今回は「私の失われた都市」と改題されたのが目を引く。原作はフィッツジェラルドが32年に執筆しながら死後に発表されたエッセーで、村上さんは「個人的に好きな作品」といい、「少しでもよりこなれた、より正確な訳にしたかった」と簡潔な作品解説に記している。この本全体に言えることだが、確かに訳文が日本語として、すんなりと読者の胸に入ってくる。旧訳では未知の人名などが頻出するのにやや戸惑ったものだが、そのあたりも的確な注が加えられて格段に理解しやすくなった。

ニューヨークという「都市」の変貌を通して「自分の人生を語る」この作品の魅力を、短い引用で示すのは難しいが、20年代のある日、ニューヨークでタクシーに乗った「私」＝フィッツジェラルドが自らの絶頂期を悟る印象的なシーンを挙げよう。

ある日の午後タクシーに乗って、藤色とバラ色に染まった空の下、高層ビルの間を抜けていたときのことだ。私はわあわあ泣き出した。なぜなら私はほしいものを残らず手に入れていたし、これほど幸福になることはもう二度とないだろうとわかったからだ。

第一次大戦後のニューヨークで成功と没落を味わった作家が自らの人生の悲哀をつづった文章が、なぜ日本の第二次大戦後に生まれた若い小説家の心を深くとらえたのか。推し量るのは難しいが、村上訳がかなり読まれたのは、おそらく80年代初めの状況に関わっているだろう。それは第2次石油ショックによる不況の波に洗われた時期で、結果的に数年前の第1次ショックほどの痛手は受けなかったにせよ、日本社会が高度成長の完全な終わりと、低成長時代の到来をいや応なしに実感した時期だった。つまりは絶頂期の終焉後の悲哀があった。

その後、バブル経済の狂乱と崩壊、「失われた20年」と呼ばれる不況を経て、日本経済は世界第3位に転落し、格差の拡大も深刻化している。80年代初めとはまた違った意味で、人々は「ロスト・シティー」の実感を深めていると言えるかもしれない。そうした時期に訳し直された「私の失われた都市」には、40年前とは別の形でこの社会の悲哀と響き合うところがあるように思われる。

「翻訳家・村上春樹」(その2)

続けて「翻訳家・村上春樹」の話を。筆者はこれまで何度か村上さんにインタビューする機会を得たが、そのうち2度はまさに翻訳が主要なテーマだった。

最初は2004年、村上さんが全巻を翻訳した『レイモンド・カーヴァー全集』(全8巻)が完結した時である(「毎日新聞」7月22日夕刊)。2度目は08年、「これだけはやりたいと思っていた」というアメリカ文学の重要な4作、すなわちサリンジャー『キャッチャー・イン・ザ・ライ』(03年)▽フィッツジェラルド『グレート・ギャツビー』(06年)▽チャンドラー『ロング・グッドバイ』(07年)▽カポーティ『ティファニーで朝食を』(08年)の翻訳を成し遂げたタイミングだった(同5月12日朝刊)。

カーヴァーは1988年に50歳で死去した、現代アメリカ文学を代表する短編小説作家。日常をリアリスティックに描く作風は村上作品と全く違うが、生活の確かな手触りのある作品世界に村上さんは強くひかれ、82年から20年以上かけて全作品を単独で翻訳・刊行した。インタビューでは、84年に生前のカーヴァーに一度だけ会った時の印象や、後述するようにブルーカラー出身でアルコール依存などに苦しんだカーヴァーの人生と、自らが20代に経営したジャズ喫茶の「肉体労働」で味わった体験を重ねて話してくれた。

2008年の取材では、4人の作家の作品を分析しながら、それぞれの魅力を語った。特に、フィッツジェラルドとカポーティ（1924〜84年）の文体については「とにかくうまい、きれい、リズムがいい、流れる」と述べ、これと対比して自らの作品に関し「そんなに流麗な文章は僕は書かない。ただ、そういう文章の艶とかリズムとか流れを、僕はもう少しシンプルな言葉で出したいと思っている」と話した。これは、04年のインタビューでの、「僕の小説の基本的な方針」は「なるべく簡単な言葉で、なるべく深いことを語ろうというもの」という発言にも重なる。

村上さんは、こと翻訳に関しては熱心に語ってきたし、自身の創作についてもその文脈において積極的に考え方を明らかにしてきたという印象がある。もちろん筆者の取材に対してだけではない。というより、幸いにも村上さんの翻訳論については最強の聞き手を私たち読者は持っている。言うまでもなく、日本を代表するアメリカ文学者で、翻訳家の柴田元幸さんである。なにしろ柴田さんは、村上さんにとって「翻訳業の師匠役」に当たり、『レイモンド・カーヴァー全集』翻訳でもアドバイザーを務めていて、上記のインタビュー記事の際もコメントを寄せてもらった。

そもそも海外文学全般をよく知らない筆者にとって心強いことに、柴田さんはこれまで村上さんとの共著『翻訳夜話』（２０００）、『翻訳夜話２　サリンジャー戦記』（２００３）その他で「翻訳家・村上春樹」の特徴を引き出し、翻訳文学全体の中での位置づけなどを語ってくれてきた。そして、19年５月には、14年以降の二人の対話（７本もある！）を収めた『本当の翻訳の話をしよう』（スイッチ・パブリッシング）が出た（他に柴田さんの講演「日本翻訳史　明治篇」を収録）。その「あとがき」で村上さんは書いている。

もし僕と柴田さんとのあいだに、何かしら共通点があるとすれば、何かの加減で、我々の血液だかなんだかに「翻訳好き」という遺伝子が紛れ込んでしまったらしいというあたりだろう。［中略］いったんやり出すとなかなかやめられない。こうなると、仕事というよりは、ほとんど趣味の領域に近いかもしれない。

そこで、この本を手がかりに掘り下げてみたい（後日談：21年６月、さらに７本の対話と村上さんのエッセーを増補した新潮文庫版が刊行）。

前提として、これらの対話と同時並行的に２人が、絶版になった世界文学の古典を新訳・復刊する企画を進めていて、それが16年から新潮文庫のレーベル「村上柴田翻訳堂」としてスタートしたという動きが背景にある。最初の二つの対話「帰れ、あの翻訳」「翻訳の不思議」は、この文脈でなされている。実際、２人が「帰れ、あの翻訳」で「復刊してほしい」作品にリストアップした中から、「村上柴田翻訳堂」では例えばマッカラーズ『結婚式のメンバー』が村上訳、サローヤン『僕の名はアラム』が柴田訳で新訳刊行され、またロス『素晴らしいアメリカ野球』（中野好夫・常盤新平訳）が復刊された。

☆

ここで注目したいのは、「小説に大事なのは礼儀正しさ」という2018年の対話だ。これは、都市郊外に住む中産階級の生活を描いた作品で知られるジョン・チーヴァー（1912〜82年）を核に、1950年代のアメリカ短編小説について語り合ったもの。村上さんによると、50年代の米国ではニューヨークやロサンゼルスなどの大都市に資本が集中し、知的なカルチャーも「大都市中心にならざるをえなかった」が、「チーヴァーはその渦から少し離れ」「都市からも土着からも距離を置いていた」作家だという。柴田さんもチーヴァー作品が、「パパは何でも知っている」のような50年代の「幸せな核家族像を前面に打ち出した」テレビ番組とは反対に位置する、と論じている。

さらに柴田さんが、チーヴァーの短編にハッピーエンドがほとんどなく、「だいたいが暗い終わり方をするのに、またかと思わないのが不思議」と指摘し、それは「いつもどこか優しい目がある」からではないかと述べるのに対して、村上さんは「大事なのは礼儀じゃないか」と応じ、こう述べている。

チーヴァーの小説では泥棒に入る話でも、盗み方が礼儀正しい。［中略］お金に困ってコソ泥しても、ある種の礼儀正しさというか律儀さがある。浮気しても割に礼儀正しい。悪徳とか背徳とか、そういうものが顔をのぞかせても、なぜかドロドロしない。

この「礼儀正しさ」を英語でいうと、どういう言葉に当たるのかを尋ねられて村上さんは「ディーセンシー（まっとうさ）」「モラリティ（倫理性）」「プリンシプル（原理、原則）」といった語を挙げ、チーヴァーの資質とともに米国の50年代は「人々がまとまりを指向する時代であったからこそ、ある種の自然なプリンシプルが維持できたんじゃないかな」と語る。ことに興味深いのは、続く次のような自身の創作に関する発言だ。

僕は今だってそういうものが小説にはすごく大事だと思っているんです。モラリティをもってしないと描ききれない非モラルな状況があります。アイロニーをもってしか語れない幸福や安寧があり、ユーモアと優しさをもってしか語れない絶望や暗転がある。僕はそう思っていつも小説を書いています。

この対話は2018年に村上訳で刊行されたチーヴァーの短編集『巨大なラジオ／泳ぐ人』の巻末にも収録された。

☆

「ユーモアと優しさをもってしか語れない絶望や暗転がある」とは、まさに村上作品の世界＝ハルキ・ワールドの特色を絶妙に表現した言葉だ。それ以上に気になるのは「モラリティ」という言葉である。前節でも引用した40年前のエッセー「フィツジェラルドの魅力」で、村上さんはデビュー前の自画像をこう描いていた。

フィツジェラルドを読み返すために、僕は自分自身の価値観やモラリティーを、もう一度まったくのゼロから建てなおしていかねばならなかった。フィツジェラルドが僕にそれを要求した。［22歳からの］七年というのがその作業に要した時間である。［中略］しかし一人の人間が小説を軸として自分なりの新しい規範を築き上げるためには、言い換えるなら「飢えたことのない子供」の前で文学が有効たり得るためには、それはどうしても必要な年月であった。（「朝日新聞」１９８０年11月12日夕刊）

「飢えたことのない子供」とは、自身を含む戦後生まれの（戦争を知らない）日本の若い世代を指していた。

これに２００４年のインタビューで、カーヴァーについて語った次のような言葉を重ねてもいいだろう。

彼［カーヴァー］の書く小説は上から物を見ない。一番下まで降りていって、そこから視線を少しずつ上げていく。どうしてかと考えると、彼はブルーカラーの出身で、本当に苦しんだ人だ。［中略］家庭をばらばらにしてしまい、人生の底まで沈んでしまった。僕は中流家庭の勤め人の子供だから、カーヴァーとは全然違う。でも、僕の場合は大学紛争があって、就職するのが嫌で、自分で借金して店を始めた。［中略］肉体労働を朝から晩までやって、たちの悪い酔っ払いがいたらぶん殴ってたたきださなきゃならないような、きつい生活を7年間送った。だから、彼とは出自が違うんだけど、気持ちは分かる。理屈じゃない、本当の生活は地べたにあるんだという目線がよく分かる。

いうまでもなく、エッセーの「七年」とインタビューの「7年間」は同じだ。つまり、ここで言われるモラリティーとは「理屈じゃない」。それは、言うなれば身銭を切り、体を張ってしか得られない種類のものであるということ。これこそが、作風やスタイルの違いはあれ、たとえどんなに現実離れした設定や軽妙でユーモラスな会話で織りなされた物語であろうと、小説が「深いこと」を語り得、また言語や文化の違いを超えて読者を動かし得る秘密だろう。
そうした体験的覚醒の積み重ねが村上さんにとっての翻訳の意味だという気がする。

《March》

熊本での震災復興支援イベント

それは、不思議な「巡り合わせ」によって実現した夕べだった。2020年2月22日、熊本市内で行われた「CREA〈するめ基金〉熊本」のトークイベントである。

「CREA〈するめ基金〉熊本」とは、女性誌『CREA』（文藝春秋）の企画で15年に熊本を訪れた村上春樹さんが、翌16年4月に発生した熊本地震の直後に「何か少しでもお役に立てれば」と発案した復興支援のための基金だ。同誌の公式サイトで寄付を呼びかけたところ、同年末までに全国から、同誌の読者の枠を超えて1351万円もの支援金が集まった。

「するめ基金」の名称は、かつて村上さんが作家・エッセイストの吉本由美さん、編集者・写真家の都築響一さんとの3人で結成したユニット「東京するめクラブ」に由来する。彼らは名古屋や熱海、ハワイ、サハリンなどを旅行し、ちょっと変わった視点から食べ物や観光施設、風俗などの印象をエッセーや写真でつづった旅行記を雑誌に連載。それをまとめた本『地球のはぐれ方』を04年に出版した。その後、吉本さんが故郷の熊本に帰り、ユニットの活動は休止していたが、15年6月に「東京するめクラブ」の〝同窓会〟と称して、村上さんと都築さんが熊本の吉本さんに会いに行く。4泊5日の旅の模様は『CREA』同年9月号に掲載され、村上さんの紀行文集『ラオスにいったい何があるというんですか？』（２０１５）に収められた。

地震はその旅の10カ月後に襲い、３人が訪問した場所の多くも大きな被害を受けた。イベントでは、基金の使い道や支援先の復旧状況の報告とともに、村上さんの自作朗読、都築さんのトーク独演、事前に寄せられた質問に答えるコーナーなどがあった。

ちなみに「するめ」の名は「かめばかむほど味が出る」という意味から来ていて、今回の基金に際しても村上さんが「するめを噛むみたいに、じっくりたゆまず支援を進めていきましょう」と呼びかけていた。そういえば、16年前の『地球のはぐれ方』刊行時、同じ３人は東京・青山の書店で、記念のトークショーを行ったことがあった。筆者はこの時も取材したが、当時は村上さんが公開の場に登場するのはきわめて珍しかった。最近の村上さんは、記者会見を開いたり、ラジオ番組の公開録音を行ったり、朗読会で未発表の新作を披露したりと、とても「開かれている」印象を与える。何か心境の変化があったのだろうか。

☆

「巡り合わせ」というのは、もちろん一つには新型コロナウイルスの感染拡大がある。当日は約２３０人の来場者をはじめ運営スタッフ、報道関係者の全員がマスクを着用する中で行われた。会場は明治初期に建てられた元酒蔵という重厚な木造の建物。開会前には主催者側から「出入り自由にしますので、少しでも体調が悪くなったら、いったん会場の外に出てください」といったアナウンスもあった。村上さんも冒頭のあいさつで「今晩はどうなるか、ギリギりまで中止か決行か迷った」と明かした。

実際、この時期は既に全国各地で各種の催しの中止や延期が相次いでいた。しかし、まだ地域の状況や催しの性格によって判断はまちまちな段階でもあった。その後、2月26日には安倍晋三首相が大規模イベントの2週間自粛を要請し、翌27日には全国の小中高校などに臨時休校の方針も打ち出された。それほど大規模ではないにせよ、このトークイベントも数日後であれば中止になった可能性はある。開催自体がタイミングとして際どいものだった。

そもそも、今考えてもユニークな組み合わせのトリオが生まれ、そのうちの1人が出身地の熊本に拠点を移すということがなければ、村上さんと熊本の親しい関係が生じることも、ましてや地震被害への支援に乗り出すこともなかっただろう。

基金の使い道については3人が話し合い、三者三様のアイデアを生かす形となった。村上さんは、熊本市内にある夏目漱石（1867〜1916年）の旧居の修復を提案した。漱石は旧制第五高等学校（現・熊本大学）の教師として4年余り熊本市内に住み、その間に数回転居している。現在も3軒の旧居が残っているが、地震で建物の壁が破損するなど「かなり被害が大きかった。せっかく今まで残ってきたものだから、きちんと保存したいと思った」と、この日のイベントで村上さんは述べた。

また、吉本さんは熊本市動植物園の修復、都築さんはやはり大きな被害を受けた熊本県西原村にあるライブハウスでの音楽イベントに対する支援を提案し、それぞれ取り組みを進めた。

会場では、一つ一つの場所で地震の前後に撮影した写真をスクリーンで紹介しながら、3人が被災状況や募金活用への思いを語った。村上さんは、一般的に寄付金は「どこに使われたか」が具体的に分からないという問題があると指摘し、今回は使途を「できるだけピンポイントで示したかった」と話した。

ただし、この3人の話、決して硬い「報告」だけでは終わらない。というより、基金の意図や支援の内容は真面目そのものなのだが、トークでは終始ジョークが飛び交い、聴衆はしばしば笑いの渦に包まれた。

例えば、村上さんは「漱石ってすごく好きなんです」と文豪への特別な思いを語り、好きな作品として『それから』『三四郎』を挙げた一方で、「嫌いなのは『こころ』。なんで、あんなに評判いいのか、よく分からない」と率直な意見を披露した。「漱石は、書くたびに文体が変わる変な作家。[作品は]みんな面白いけどね、『こころ』は別にして（笑）。あれ、日本で一番売れている小説なんですね」などと、ファンには興味の尽きない話を聞かせた。

さらに、今後の予定について貴重な情報も村上さんは発信した。2019年に雑誌に発表して話題となったエッセー『猫を棄てる』を、イラスト付きで「小さな本」にして4月に出版すること。夏前には、いよいよ短編集『一人称単数』を、しかも書き下ろしの1編を加えて全8編で刊行すること。また、夏過ぎには米作家カーソン・マッカラーズ（1917〜67年）の長編小説『心は孤独な狩人』を翻訳・出版することも明らかにした。このマッカラーズ作品については、前節で紹介した柴田元幸さんとの共著『本当の翻訳の話をしよう』の対話でも復刊を望むと話していた（第4章《September》参照）。

☆

この日朗読したのは、超短編小説、いわゆるショートショートを集めた作品集『夜のくもざる』（1995）から、「馬が切符を売っている世界」と「夜中の汽笛について、あるいは物語の効用について」の2編。村上さんは「なんで、こんなくだらない話を書いたのか、よく覚えていない」などと言いながら、シュールともいえる話を楽しそうに読み、拍手を浴びた。『夜のくもざる』は、村上さんが若い頃から親しくしていたイラストレーター、安西水丸さん（1942〜2014年）の挿絵がふんだんに盛り込まれた楽しい本である。一編一編が非常に短いので朗読に適しているようで、2019年のラジオ公開録音の際も、この中の「天井裏」を読んだ。

村上さんの朗読会といえば、出身地の神戸などが甚大な被害を受けた1995年の阪神大震災の後、神戸と芦屋でおこなった伝説的なチャリティーの会がある。当時は19歳の書店員だった作家の川上未映子さんが、2回とも聴きに行っていたという話が、前述の2人の共著『みみずくは黄昏に飛びたつ』の最初に出てくる。その1日目、村上さんは400字詰め原稿用紙で80枚もある小説「めくらやなぎと眠る女」を朗読し、「すごく疲れ」「あとで後悔した」。そこで翌日は「二十枚ぶんくらい削った」短縮バージョンを朗読したという。おそらくこれが初めての朗読会だったと思われる。

実は熊本でも、地震の前の2015年6月に訪問した際、市内の名物書店「橙書店《だいだい》」で、常連客のみを対象にした小規模の朗読会を開いていた。このことも、今回のトークの場で話題になった。それ以後のここ数年、村上さんは積極的に朗読に取り組んできた。同年11月には東日本大震災の被災地、福島県郡山市での文学イベントにサプライズ登場し、短編を朗読している。

1995年までの約10年間、ほとんど欧米で暮らしていた村上さんが、阪神大震災と地下鉄サリン事件に衝撃を受け、この年、海外での生活を切り上げて帰国したことはよく知られている。そして、直接的ではないが、震災から得たモチーフを短編集『神の子どもたちはみな踊る』(2000)などで描いてきた。東日本大震災についても、長編『騎士団長殺し』の中で断片的ながら触れている。

総じていえば、災害に対する村上さんの態度は、控えめながらも、しっかりと被災地・被災者に寄り添うものだといえる。作品の中で、人間にとっての災害の意味が深く探求されるとともに、自らもあまり目立たない形で現地に足を運び、寄付を募ったり、朗読の声を響かせたりする。筆者の知る限りでは、とにかくその場に来た人々を楽しませ、笑わせ、心地よい時間を共有し、気持ちを温め合うことで、ごく自然に励まそうとしているように見える。

今回のイベントでは、参加者らの質問の中で、被災地の益城町に住む人からの「これから何をすればいいのでしょうか」との問いに、こう答えていた。阪神大震災では芦屋市にあった村上さんの実家も被害を受けた。

しばらく後で久しぶりに［芦屋を］歩いてみたら、もう僕が覚えている街じゃない。どこが自分の通っていた道だったか、何にも思い出せなかった。でも、それはしょうがない。諸行無常というか、こういうふうに時間は流れていくんだなと感じた。逆に、変わったことをバネにして、新しい価値観を作っていくしかないんじゃないか。

自らの体験に基づく飾らない言葉が印象に残った。

『猫を棄てる』と『大きな字で書くこと』

前節で紹介した熊本市でのトークイベントで本人が明らかにした通り、村上春樹さんのエッセー『猫を棄てる』（文藝春秋）が2020年4月下旬に刊行される。08年に90歳で亡くなった父親のことをはじめプライベートな事実を多くつづったこの文章は、19年に雑誌掲載され話題を呼んだが、単行本化に際しては若い台湾のイラストレーター、高妍《ガオイエン》さんの描いたイラストが付くという（後日談：雑誌に掲載された幼時の村上さんの写真2枚も、写実的なイラストで再現・収録された）。作家自身が「小さな本になる」と語ったように、版元の公開情報では判型が新書判、ページ数は104ページとなっており、確かに小ぶりの本になる。また、雑誌では副題が「父親について語るときに僕の語ること」だったが、本では「父親について語るとき」と微妙に変わる。

村上さんは（少なくとも小説では）本にする際、初出の原稿にかなり手を入れる場合もあるし、前書きや後書きも含めて加筆される可能性もあるから、刊行前の作品についてあれこれ言うのは当を得ないかもしれないが、本の出来上がりを楽しみにしつつ、『猫を棄てる』に関して、少し考えてみたい。

このエッセーを最初に読んだ時の驚きと衝撃は大きかった。まず、それまでほとんど書かれたことのなかった家族、特に父母についての詳しい記述があった。村上さんが京都に生まれ、主に西宮や芦屋などの「阪神間」で育った関西人で、大学入学を機に東京へ出たこと、一人っ子で、大学在学中に学生結婚し、またジャズ喫茶の店を開いて仕事を始め、大学は7年かけて卒業したこと――などは、初期のエッセーに割とよく書いていた。結婚当初、夫人の実家で間借りしていたこととか、夫人との日常のやり取りなどもけっこう面白おかしくつづっていた印象がある。

だが、なぜだか両親や、生まれ育った実家の話はあまり書いていなかった。まあ、読者としては、既に立派な大人の（というのもおかしいが）作家自身に興味があるので、その親がどんな人かなど知らなくても問題ないわけだが、関西と東京、あるいは阪神タイガースとヤクルトスワローズの比較などはけっこう話題にしていたのに、格好の素材になっていいはずの親は、そういえば影が薄かった。

その後、村上さんは09年、イスラエルのエルサレム賞を受賞した際のスピーチで、父親について触れたことがある。前年夏に亡くなったこと、「徴兵され、中国大陸の戦闘に参加」した人であったことを語った。子供の頃、父親は毎朝「長く深い祈り」をささげていて、ある時、その意味を尋ねた息子に、敵味方の区別なく戦地で死んだ人々のために祈っていると答えたことも。

『猫を棄てる』では、父母の出自がはっきりと記され、中でも父親については出生の日付、京都市の浄土宗の大きな寺の住職だったその父（作家の祖父）や兄弟たち（作家の伯父・叔父）のことまで書いている。次男として生まれた父親（本では村上千秋《ちあき》という名も明かされた）も僧侶の資格を持っていたが、戦後は長く兵庫県の私立中学・高校で国語教師を務めた。また、従来ほとんど語られなかった96歳の母親についても、「大阪の船場の古い商家」の長女であることなどを記した。

とりわけ日中戦争と第二次世界大戦で計3度召集された父親の従軍歴に関しては、没後に調査したことを含めて詳細に書き込んでいた。この点に村上さんがこだわった理由は、一つには小学校低学年の時、父親から「自分の属していた部隊が、捕虜にした中国兵を処刑した」様子を聞かされたことにある。「その父の回想は、軍刀で人の首がはねられる残忍な光景は、言うまでもなく幼い僕の心に強烈に焼きつけられることになった」。それは父親のトラウマの部分的継承だったと述べ、こう続く。

歴史というのもそういうものなのだ。［中略］その内容がどのように不快な、目を背けたくなるようなことであれ、人はそれを自らの一部として引き受けなくてはならない。

もう一つの理由は、父親が虐殺の行われた「南京攻略戦に参加したのではないかという疑念」を、村上さんが抱いていたことにあったようだ。結局、調べたところ、南京戦には参加していないと分かったのだが。日本の戦争は村上作品の中で、慎重な形ではあるが重要なモチーフとして扱われてきたし、この作家は中国などアジア諸国に対する日本の戦争責任にしばしば言及してきたが、その背景が明確に明かされたといえる。

改めて読み直してみても、幼い村上さんが耳にした中国兵「斬殺」の話は最も鋭く、重く読者にものしかかってくる。そして、その場面での父親について、「同じ部隊の仲間の兵士が処刑を執行するのをただそばで見せられていたのか、あるいはもっと深く関与させられたのか、そのへんのところはわからない。［中略］いずれにしても、その出来事が彼の心に――兵であり僧であった彼の魂に――大きなしこりとなって残ったのは、確かなことのように思える」と記しているのは、親に対する子供の視線としてはかなり冷徹なものに思われる。このことは、自らの子供時代の学業成績に関して「父の期待に十分こたえることができなかった」と感じ続けていた話、長じて親子関係が「ずいぶん冷え切ったもの」となった話とともに、やや読者を戸惑わせるところでもある。

また、最初に読んだ時にも感じたのだが、この作家にしては珍しく、『猫を棄てる』は文章の構成があまりかっちりと整っていない。父親と自分の関係を語る部分と、父親の閲歴を語る部分とが交互に取って代わるような、叙述の揺れがあると読めた。といって話が分かりにくいわけではないが、もっと整理された形で書けるはずのものが、あえて思い浮かぶまま、といった体裁で書かれている気がした。

これは歴史学者の文章ではないのだから当然だともいえるし、意図的にこうした書き方を取ることによって読者を揺さぶろうとした作家的なテクニックだという見方もあり得るだろう。こうだと断定はもちろんできないが、筆者には、父親について語ろうとした時に作家自身が覚えざるを得なかった心の揺らぎが、そのまま文章に反映していて、むしろ作家はここで自らにそれを許したのだ、という受け止め方のほうが素直な感じがする。

☆

ところで、このエッセーが示す父親に対する距離感は、ある別の文章を筆者に想起させる。前述の文芸評論家、加藤典洋さんの没後に出たエッセー集『大きな字で書くこと』(岩波書店)に収録されている父親のことを書いた5編だ。この本は『猫を棄てる』雑誌発表後の2019年11月刊行だから、実際には筆者は逆に加藤さんのエッセーを読んだ時、「似ている」という感じを抱いた。ただし、加藤作品は17年からの雑誌連載(と別の新聞連載)をまとめたものなので、正確にいうと初出はこちらが早い。いずれにしても両者の文章が互いに独立に書かれたのは間違いない。

加藤さんの父親は1916年生まれ。村上さんの父親より1年年長で、ほぼ同世代だ。ちなみに48年生まれの加藤さんと49年生まれの村上さんは、ともにいわゆる団塊世代である。加藤さんの父親は「山形県の警察官をノン・キャリア組として勤め上げた人」で、戦時中は思想統制に関わる特高警察の任に就いていた。同県内で無教会派のキリスト者として教育に携わった鈴木弼美《すけよし》という人物がおり、その「反国家的言動を内偵し、証拠を摑んだのち、検挙」したのが父親だった。このことを79年に加藤さんは知り、以後、父親と何度か、話し合ったという。

私は、この人［鈴木］が存命のうちに、一度行って謝れ、と彼［父親］に求めた。そのことをめぐり、つねに話は決裂、最後は怒号が行き交った。

結局、父親は謝りに行くことはなかったが、鈴木が亡くなった後の97年になって鈴木の関係者に「告白」した。そのことを10年後に知った加藤さんは鈴木の親族を山形に訪ね、鈴木の「墓前に頭を下げた」。以上の経緯を記した後、父親との関係をこう書いている。

私たちは、奇怪な親子であって、父は死ぬまで自分が行った「告白」のことを私に言わなかったし、私も父の果たさなかった「墓参」を代わりに行ったことを話さなかった。

兵士と特高では立場も違うし、村上さんと加藤さんが父親に対して持った感情のあり方ももちろん異なる。しかし、二つの父子関係に共通する感触があるのも事実だ。それは、どういうものだろうか。

村上さんは『猫を棄てる』の最後で、「僕がこの個人的な文章においていちばん語りたかったのは［中略］この僕はひとりの平凡な人間の、ひとりの平凡な息子に過ぎないという事実だ」と書いている。その意味では、確かに村上さんの父親も加藤さんの父親も一人の「平凡な」日本人として生きたといえる。にもかかわらず、というより、だからこそ共通する時代の刻印がここにはある。

ひと言でいえば、2人の父親は戦争の時代に青年期を送った世代、村上さんの表現では「不運としか言いようのない世代」である。この世代の日本人は、どのような社会的地位や思想・信条の持ち主であれ、戦争から何らかの傷を負わずには（あるいは手を汚さずには）済まされなかった。そして一方、彼らの子供たちは戦後のベビーブーマーであり、青年期に激しい「政治の季節」をくぐった世代となる。政治的立場は一様でないとしても、戦後の民主教育の中で批判精神を育み、いわば権利と公正さを求める意識に目覚めた「主張する人間」となった。みんながそうだとは言えないにせよ、強固な家父長制の下で育った親の世代とは価値観や生活感覚が大きく変化し、したがって対立する場面も生まれがちだったといえるのではないか。

この点は、筆者のように約20歳若い親を持つ者から見ると、かなりの隔たりがあるように感じられる。筆者の親も戦前生まれだが、終戦時は小学生の世代であり、自分たちと相応の違いがあるとはいえ、団塊世代とその親の関係に比べるとよほど近い感覚を持っている気がする。

従来も指摘されているが、団塊世代はまさに戦争を挟んで、親の世代とは「別の世界」を生きている人々だということを、２人の文章は明示している。

ただ、注意すべきなのは、それほどの違いがありながら、親世代の側にも戦争と、戦時日本の軍国体制に対する拒絶感、「あれを繰り返してはならない」という思いが深かったことだ。２人の父親が示した（息子側から見て）屈折した態度も、この苦衷の念に、少なくとも一部は根ざしていたと思われる。

『猫を棄てる』を村上さんが書いたのは、自身が70代に達し、村上文学をテーマとする研究も国内外で盛んになっている現状を踏まえて、プライベートな事実が臆測で語られることを避けたいという意思の表れでもあるだろう。ここ2、３年、公の場で発言する機会が増えたこととも重なる、重要な変化だと思う。

恋のおまいり
お初天神で永遠の愛を誓う
阿初天神参拝路
カラオケ
BIGECHO
天ぷら
かえ玉無料
大盛無料
九州屋台
寅男
てっちり
1,980円
がんこ寿司
寿司・和食
個室
宴会お座敷
ミュンヘン
6-6366-4411

Chapter3
2020年4～6月

ステイホーム、なごむTシャツ秘話

4月7日　新型コロナウイルス感染拡大で東京、大阪など7都府県に緊急事態宣言発令（16日、全国に拡大）▼5月4日　緊急事態宣言を31日まで延長（14日、39県について解除。25日までに全国で解除）▼18日　検察官の定年延長を可能にする検察庁法改正案の成立を政府・与党が見送り▼6月6日　米ミネソタ州の白人警官による黒人男性暴行死への抗議デモが全米に波及▼30日　中国で「香港国家安全維持法」成立。1国2制度崩壊へ

《April》

なぜ世界中で読まれる存在になったか

なぜ村上春樹という人だけが、あまた登場した戦後日本の作家で一人、こんなに世界中で読まれる特別な存在になったのか。

これは村上文学に関する大きなテーマであり、既に国内外の数多くの研究者、評論家らによって、さまざまな分析、解説が試みられてきた。むろん筆者に十分な準備や際立ったアイデアがあるわけではないが、ちょっと意外なところから偶然のような形でヒントを得たので、それを記してみたい。

唐突だが、1974年というから半世紀近くも前に、詩人の大岡信（1931〜2017年）と作家の丸谷才一（1925〜2012年）が「唱和と即興」と題する対談をおこなっている。雑誌『俳句』（1974年9月号）に掲載されたものだ。俳人、高浜虚子の連句に対する関心や、与謝野鉄幹・晶子をはじめとする歌人夫妻の唱和といった話題を縦横に語り合いつつ、2人は俳句、短歌、小説その他広く近現代の文学が抱える問題を浮き彫りにしている。特に大正期以降、短歌も俳句も生真面目に孤独を追求する態度が強くなったといい、この点を「文明全体の問題」として論じている（以下、この項は拙著『大岡信　架橋する詩人』にも関連する記述がある）。

少し背景を補足すると、古典に詳しい大岡には、日本の詩歌に時代を超えて共通する「合わす」原理があるとする評論『うたげと孤心』（1978）があり、対談は初出の雑誌『すばる』連載が終わるタイミングでおこなわれた。「合わす」原理は、古代から和歌の世界で盛んだった贈答歌や歌合、歌謡、連歌、俳諧から現代の短歌・俳句の結社にまで連なる、文学に豊かな実りをもたらす重要な要素とされた。

また、丸谷は大岡らと70年以降、晩年まで連句を共同制作した親しい関係にあり、自らも評論に力を入れ、特に戦後文学の自然主義的、私小説的な傾向を鋭く批判していた。と同時に、村上作品をデビュー時から高く評価してきた人として知られる。

2人の対談に、次のようなやり取りがある。

大岡　近代芸術っていうのは、みなそれぞれ非常に孤独であって、孤独の行き着く果てには何もないと覚悟しながらも、とにかく行き着くところまで行こうということでやってきてるというのが、まあいえば一般的な行き方ですよね。その中で歌人とか俳人の結社っていう組織は、非常に不思議な支えになっていて、そういう精神的な孤独をわずかに支えてきたんだろうっていう気がする［以下略］

丸谷　文学者が一応孤独であるってことは、これはあたりまえのことで、それ自体はいいも悪いもない。しかし、残るのは、文学それ自体が孤独な感じの単なる表明では、読むほうとしてはやり切れないという問題ですよね。そしておそらくつくってるほうとしても、それでは自分の世界を十全な形で表現したことになり得ないだろうってことがある。

今、問題は村上作品の独自さなので、対談で主要な対象だった短歌や俳句についてはとりあえず触れずにおき、小説に関して74年前後がどんな時期だったかを見てみよう。

ひと言でいうと、文壇の主流はいわゆる第1次戦後派から第三の新人、内向の世代にかけての戦前・戦中生まれの作家たちが占めていた。例えば、野間宏の長編『青年の環』が70年に完結し、島尾敏雄の『死の棘』が77年に出版され、埴谷雄高は『死霊』を書き継いでいる。大江健三郎さんは73年に『洪水はわが魂に及び』を出すなど精力的な仕事を続けている。三島由紀夫が70年、川端康成は72年に自殺し、もういない。

一方で、戦後30年近くたち、ようやく戦後生まれの作家も活躍を始めていた。トップランナーは中上健次（1946～92年）で、73年に『十九歳の地図』が初めて芥川賞候補となり、76年に『岬』により戦後生まれでは初めて同賞（75年下期）を受賞する。同年（76年上期）には村上龍さん（1952年生まれ）も『限りなく透明に近いブルー』で受賞し、新世代の登場を印象づけた。79年デビューの村上春樹さん（1949年生まれ）はまだ姿を見せていない。

若い世代の作家たちの動向が、どこまで丸谷、大岡らの視野に入っていたかは別にして、文壇主流についてはあまりにも「孤独」追求一辺倒の、そういう意味では戦前の文学と変わらない生真面目すぎる表現、多分に私小説的な作品がなお力を持っていることへの異議を、2人は共有していたといえるだろう。

☆

そして、このような状況下に、日本の文壇の傾向、私小説的なものとは全く異なる作風、文体を引っ提げて現れた作家が村上春樹さんだった。その新しさの意味は、同世代の文芸評論家で、本書でも度々取り上げてきた加藤典洋さんの、次のような比喩を引くとわかりやすいかもしれない。

加藤さんによると、ある分子生物学者が、肌の張りをよくするコラーゲンというたんぱく質は、健康食品などで摂取しても「消化管内で消化酵素の働きにより、ばらばらのアミノ酸に消化され吸収され」、その吸収されたばらばらのアミノ酸が新しいたんぱく質の合成材料になるが、「コラーゲンというような大きなタンパク質がそのまま体外から摂取されるということは、ありえない」と言っている。この話で、コラーゲンを「日本の社会に流通し、そのコンテクスト［文脈］に色濃く染まった『物語』」、「それを構成するばらばらのアミノ酸を『言葉』」、「そこから新しく再合成されるタンパク質を小説家の手で生みだされる新しい物語としての『小説』」とそれぞれ言い換えてみよう、と加藤さんは述べ、こう書く（前掲『村上春樹の短編を英語で読む　1979～2011』）。

村上は、日本語で自分の小説世界を作り上げるのに、いま日本の社会に流通している文脈、考え方、感じ方（コラーゲン）は全部「使えない」と思った。［中略］そこからは同じ古い物語しか生まれてこないだろうと、そう考えた。彼はそれを全部遮断したいと思う。［中略］そのためには、小説を構成する「物語」の要素（「コラーゲン」というタンパク質）を、いったん無色の「言葉」の単位（「ばらばらのアミノ酸」）までしっかりと分解しなければならない。

この後、やはり同じ世代体験を持つ作家、高橋源一郎さん（1951年生まれ）と対比しつつ、初期の村上作品が分析されていくが、右で「使えない」「遮断したい」とされた「コラーゲン」に当たる「物語」は、次のように描かれている。

学生運動の挫折の物語であるとか社会から孤立する物語だとかいった手垢にまみれた物語がある。厄介なことに自分にとって大切な、かけがえのない希望や願いや気がかりが、すべてこうした手垢にまみれた「物語」に回収されかねない形で存在している。彼らに共通していたのは、そういう出発点の苦衷です。

この「挫折」が1960年代末の大学紛争と、その後の新左翼運動の自壊を指すのは言うまでもない。

ここで加藤さんは、村上さん自身の「結局、それまで日本の小説の使っている日本語には、ぼくはほんと、我慢ができなかったのです。我（エゴ）というものが相対化されないままに、ベタッと迫ってくる部分があって、とくにいわゆる純文学・私小説の世界というのは、ほんとうにまつわりついてくるような感じだった」（『村上春樹、河合隼雄に会いにいく』）という言葉も引いている。これと、丸谷らの言う「生真面目な態度」「孤独な感じの単なる表明」という同時代文学批判は、ぴったり同じではないにしても相当重なるところがあると思う。

☆

筆者は十数年前のインタビューで村上さんが、少年時代から海外文学にひかれていった理由の一つとして述べた言葉を思い出す。

父親が国語の教師だったし、母親も以前はそうだったので、親と違うことがやりたい、とにかく日本文学関係は避けたいという気持ちが強かった（笑）。（「毎日新聞」２００４年７月22日夕刊）

この時は冗談めかして語られた話が、実はかなり深刻な事情を伴うものであったことは、前述の自伝的エッセー『猫を棄てる』を読めば明らかだ。同書の内容については前章で詳しく紹介したので繰り返さないが、そこにつづられた国語教師で俳人でもあった父親に対する複合感情の激しさは、読者をたじろがせるものがあった。

その中で一番大きな要素は父親の戦争体験に関わるものだが、もう一つ見逃せないのは、学業成績が優秀だった父親に対し、自分は父親を満足させるだけの成績を残せなかったという、それ自体を取れば今も、どこの家庭にもありがちな問題だった。村上さんは書いている。

それ［父親の優秀さ］に比べると残念ながら（というべきだろう）、僕には学問というものに対する興味がもともとあまりなく、学校の成績は終始一貫してあまりぱっとしないものだった。好きなことはどこまでも熱心に追求するが、好きになれないものにはほとんど関心が持てないという性格は、今も昔もまったく変わらない。

僕は今でも、この今に至っても、自分が父をずっと落胆させてきた、その期待を裏切ってきた、という気持ちを――あるいは、その残滓のようなものを――抱き続けている。

ただし、一方で小説家となった人として次のようにも記しているのは、今回の文脈で重要だろう。

たぶん僕のような職業の人間にとって、人の頭が良いか悪いかというのは、さして大事な問題ではないからだろう。そこでは頭の良さよりはむしろ、心の自由な動き、勘の鋭さのようなものの方が重用される。

ここに言う「心の自由な動き、勘の鋭さのようなもの」が、既存の日本文学を打ち破る際に必須だったのは明らかだろう。それこそが、あの「コラーゲン」を分解する酵素となったのだ。実際は初期の村上作品から読者が受け取った大きな要素に孤独感があり、新たな「再合成」により生み出されたものの一つは「孤独」の描き方の革新だったといえる。そこには、加藤さんも指摘する1970年代の新しい海外文学の翻訳をはじめ、いろいろな要因が働いたわけだが、きわめてパーソナルな親子関係を背景とする「日本文学離れ」の欲求が、表現の歴史的転換と合致したことは村上文学の位置を考えるうえで興味深い。

《May》

コロナ鬱を吹き飛ばそう

村上春樹さんがDJを務めるラジオ番組「村上RADIO」で2020年4月26日夜、第13回となる「言語交換ソングズ」が放送された。いつもは「今晩は、村上春樹です」で始まるのだが、この回は違った。冒頭に、女性の声で「村上春樹さんから届いた最新のメッセージです」という短いアナウンスがあり、村上さんは次のようにコメントした。

今、世の中は大変なことになっています。そのために仕事がなくなり、あるいは仕事ができなくなり、厳しい状況に置かれている方も多くおられると思います。僕もね、昔、7年ぐらい飲食店を経営していました。だからローンを抱え、高い家賃を払って、従業員に給料を払い、それでいて何カ月も店を開けられない、先行きも分からないというのがどれぐらいつらいことか、身にしみて分かります。こんな時に僕にできるのはどんなことだろうと日々、考え込んでしまいます。音楽や小説みたいなものがほんのわずかでも皆さんの心の慰めになればいいいんですが。

番組ホームページの「スタッフ後記」によると、この回の収録そのものは3月中旬に行われたが、編集を経て1カ月余り後の放送までの間に「世の中の景色が一変」してしまった。言うまでもなく、新型コロナウイルスの感染拡大で全国的な外出自粛、店舗などへの休業要請が行われたことによる。学校も一斉に休校となった。そういう事態を受けて、村上さんは自宅で、自分で録音したメッセージを番組に託したのだという。

この中で「昔、7年ぐらい飲食店を経営」していたというのは、前述のジャズ喫茶「ピーター・キャット」のことだ。1974～81年に東京（初めは国分寺、のち千駄ケ谷）で開いていた。その体験から、特に飲食店の人々の置かれた「厳しい状況」がよく分かり、居たたまれない思いでメッセージを発したのだろう。

あるいはここまでなら、普通の生活感覚を持った人であれば思いつく振る舞いかもしれない。ところが、この人はさらに踏み込んだ行動に出た。急きょ5月22日深夜（午後10時から）、約2時間にわたる「村上RADIO」の特別番組「ステイホームスペシャル～明るいあしたを迎えるための音楽」を企画したのだ。ホームページによると、村上さんが「自らディレクターとなり、テーマに合わせて選曲」し、「少しでも元気の出る、少しでも心が和む音楽」を、自宅の「普段使っているプレーヤーで」かけるという。

冒頭で村上さんが述べると思われるコメントが事前にホームページに掲載されていた。そこにはこうある（一部省略し、表記も変更した）。

村上RADIO、いつもは2カ月に1度のペースなんですが、今日は新たに枠をもらって、特別版をお送りしています。

もやもやとたまっているコロナ関連の憂鬱な気分を、音楽の力で少しでも吹き飛ばせるといいのですが……。

今日は、うちの書斎からステイホームでお送りしています。


以上からうかがえるのは、同年2月の熊本での復興支援トークイベントの際に感じたものと共通する作家の姿勢だ。つまり、苦境にある人々に、控えめながらきちんと寄り添い、精いっぱい楽しませ、できるなら笑わせることで自然に励ますこと。むろん、控えめといっても有名人だから目立ってしまうのだが、正面きって悲憤慷慨したり、高尚な議論をぶったりするのではなく、あくまで傍らから人々の気持ちに働きかける仕方を心がけているように察せられる。

☆

話は飛ぶが、30年以上前の1989年6月に出た雑誌『ユリイカ』の臨時増刊号『総特集村上春樹の世界』を久しぶりに読み返した。87年の長編『ノルウェイの森』が大ベストセラーとなり、88年に『ダンス・ダンス・ダンス』を刊行した後で、村上さんは長く海外に滞在していた時期だった。まだ欧米での本格的な翻訳紹介は始まっていない。もっといえば、89年11月にベルリンの壁が崩壊する直前、東西冷戦の最末期に当たる。

イラストレーターの安西水丸さんやドイツ文学者の池内紀さん、映画監督の大森一樹さんら多彩な執筆陣が文章を寄せ、村上さんの短編小説も収めた誌面の巻頭には、米文学者の柴田元幸さんによるロングインタビューが載っている。後に何度も対談を重ねる両者の、おそらく初めて公になった記念碑的な対話だ。そこで作家が「私小説的というか、日常的異議申し立てみたいな」小説はあまり好きになれない、として、こんなふうに語っているのが興味深い。

僕としては、そういうのはもうわかってるんだ、というところから話を始めたいというのかな。そういう不条理というか、異物としての状況を前提として飲み込むところから話が始まらなくてはならないような気がするんです。それをすんなり認めちゃえということじゃなくてね。

「異議申し立て」は大学紛争の経験を踏まえた表現だ。40歳になったばかりの作家は、今や「誰ももうノオとは言えなくなってしまっている」と述べ、こう続ける。

［70年代以降］状況は僕らに対して何度もノオと言っている。石油ショックだとか、ドルの不安定だとか、産業構造の転換だとか、アフリカの飢饉だとか、地球の温室化だとか、チェルノブイリだとかね。でも僕らが状況に対して有効にノオと言ったことはたぶん一度もない。［中略］単純にノオと言えなくなってしまった。

そうした時代認識を前提に、小説に可能性を感じるとして次のように話す。

これまではどちらかというとサブ・カルチャーがその非異議申し立て的アクセスを行なってきたんだけれど、今は小説が小説的にそっちに向かいつつある。［中略］そこにおけるキイワードは「飲み込む」ということですね。受け入れる、飲み込む。［中略］そして異化することによって、価値観の検証をおこなうわけです。

僕らはもう共闘することはできないんですね。それはもう個人個人の自分の内部での戦いになってくる。というか、もう一度そこの部分から始める必要がある。状況をどう受け入れるか、どう自分を異化させるか、そこでどのような価値観を作っていくか。［中略］共感することはできる。でも共闘はできない。そういう意味ではむずかしい時代ですね。孤独な時代だと思う。だからもし僕の小説がある種の人々のシンパシーを得ることができているとすれば、それはそういうことだと思うんです。

もちろん、その後の30年余りの間に時代は移り、さまざまな大きな出来事が起こったから、村上さんの考えもこのままではないかもしれない。例えばバブル崩壊があり、オウム事件があり、何度かの震災があり、9・11テロがあり、フクシマがあった。デジタル化の進展で情報・通信環境は激変し、人と人とのつながりも様変わりしている。

しかし、ほぼ20代に80年代を過ごし、当時から村上作品を読んできた者の実感でいうと、物事は少し違って見える。後に長編『1Q84』で作家自身が80年代を検証するわけだが、それは二つの意味で日本社会の過渡期だった。

一つは70年代までの左翼的な「革命幻想」が完全に消えたことだ。だから、80年代の若者にはそもそもの初めから「共闘」や「異議申し立て」への素朴な幻想はなかった。この点は今の若い世代も同じだろう。

また、とうに高度成長が終わったにもかかわらず、バブルに至る狂騒の時期にあった。これは一見、90年代以降の経済低迷期とは対極に映るが、実はそうではない。「成長」に代わる価値を見いだせず、個人個人がそのつど模索するしかない、という点もまた、2020年の現在とそんなに変わらない。

とするなら、一人一人が「不条理」な状況を飲み込み、そこから価値観を作っていくこと、「共感」によって孤独な個人が結び合い、あるいは他者に寄り添うこと――というコンセプトの有効性は、今も、すなわちコロナ禍の下でも基本的に揺るがないのではあるまいか。だからこそ、村上文学は次々と若い世代の支持を得て、読まれ続けている……。

話が広がりすぎてしまったけれど、ラジオDJという60年代にさかのぼる（古い?）コミュニケーションの可能性に村上さんは目覚めたようで、「村上RADIO」はまだまだ続きそうだ。興味を持った方は耳を傾けてみてはいかがでしょう。「音楽の力」はもちろん、ユーモアあふれる作家の語りも憂鬱を吹き飛ばしてくれるはずです。

《June》

「たった1ドル」から生まれた映画

村上春樹さんが雑誌『ポパイ』の2018年8月号〜20年1月号に連載したエッセーに、インタビューなどを加えた本『村上T　僕の愛したTシャツたち』（マガジンハウス）が20年6月4日、刊行された。「6・4」はもちろん1989年に中国で起きた民主化運動に対する武力による制圧「天安門事件」の日付で、これは現在の香港での民主化運動に対する作家の連帯を示唆するものだ——というようなことはどこにも書かれておらず、筆者の勝手な思い込みにすぎない。エッセー集の内容も、そういうキナ臭い政治的な話は感じさせず、肩の凝らないユーモアに満ちたものです。

このコラムはついつい硬い内容に陥りがちなので、今月は反省して、できるだけやわらかい話へ向かうよう努めたい。何しろ、村上さんが三十数年にわたって世界各地で買ったり、もらったりして「つい集まってしまった」Tシャツについてつづった18編のエッセーを、色もデザインも鮮やかな108枚のTシャツのカラー写真とともに収めた、軽快なタッチの本のことなのだから。硬くなりようもない、はず。

紹介されているTシャツは、表紙にも載っているサーフィンもの（赤地に白くビーチサンダルとコーラ会社のロゴが描いてある）から、ウイスキーやビール関係のもの、猫や犬やキツネ、トカゲや亀、熊など動物の絵が入ったもの、マラソン完走記念にもらったもの、さらには外国で本の出版の際、販売促進用に作った「MURAKAMI」の名前入りのもの等々、多彩だ。村上さんは今も「夏はTシャツのみ」というぐらい、日常的に着ているという。

言うまでもないが、それぞれのエッセーがまた楽しい。例えば、胸に「ぼくはなにしろケチャップにまでケチャップをかけちゃうんだ」という意味の言葉が大きくプリントしてある、真っ赤なTシャツ。米国のケチャップ製造元が作ったもので、米国ではこれを着て街を歩いていると、「いいねえ、そのTシャツ」とよく声をかけられると書いている。

「声をかけてくるのはだいたい、いかにもケチャップが好きそうな善男善女、その多くはメタボ系の市民たちだ」。これに対し、ヨーロッパではそういう反応は起きない。「だいたいヨーロッパの人は、ケチャップなんてほとんど使わないものね」

全体としてのポイントは、単行本化に際し行われたインタビューで自ら語っているように、持っていても「着れるTシャツと着れないTシャツ」がはっきり分かれること。「人目を引きたくない」と思っている人なので、ウイスキーを飲むのは好きだけど、ウイスキー会社の作ったシャツを朝から「着て歩きまわるのもちょっとなあ…」と考えたり、動物柄のシャツは「わあ、かわいい」と言われたくて着ているような「居心地の悪さ」を感じたりして、実際はあまり着ないという。

また、何かを主張する言葉の入った「メッセージTシャツは着られない」。着ていると、そのメッセージを「人って読むじゃないですか(笑)。読まれると困るんだよね」。当然、自身の名前や作品名が入ったシャツも着られない。逆に、よく着ているのはシンプルで渋めのデザインのもののようだ。

☆

では、「僕がいちばん大事にしている」Tシャツは何か?

この答えは、本の「まえがき」でも、インタビューでも触れられ、表紙を除く本の最初に写真も掲げてある「TONY TAKITANI」という文字の入った黄色のシャツだ。もちろん、村上ファンならすぐ短編小説「トニー滝谷」を思い浮かべるだろう。というか、この話は既にけっこう知れ渡ってもいるに違いない。作家が何度も書いてきた、それだけ印象に深い逸話だから。

いま手元にある資料で紹介すると(これがこのTシャツに触れた最初の例かどうか分からないが)、第1期の『村上春樹全作品』第8巻(1991)の「自作を語る」にこうある。ちなみに作品名はゴシック体表示されているのをカギ括弧に変えて引用する。

僕が「トニー滝谷」という話を書こうと思い立ったのは、ずっと前にマウイ島[米ハワイ州]で「TONY TAKITANI」と書かれた古着のTシャツを一ドルで買ったからである。いったいこれが何を目的として作られたシャツなのか、僕にはわからない。[中略]

何はともあれ、それを買ったときから、僕はどうしても「トニー滝谷」というタイトルの小説を書いてみたかったのだ。

また、短編集『レキシントンの幽霊』(1996)を収録した第2期の『全作品』第3巻(2003)の著者による解題にも言及がある。ここではTシャツの謎が少し究明されている。

実はこれは選挙キャンペーン用に作られたシャツだった。つまりトニー滝谷氏は下院選挙に立候補し、そのときにこのネーム入りのTシャツを作ったわけだ。[中略] そして[「TONY TAKITANI」以外に] House d. [下院・民主党の意] と書いてある。[中略] インターネットで検索したところ、実物のトニー滝谷氏は[中略]ハワイで弁護士として活躍しておられるらしい。

なんとトニー滝谷は実在の人物だった! この作品は英語に翻訳され、雑誌『ニューヨーカー』2002年4月15日号に掲載されるが、村上さんは06年、関連するエッセーを米国の文芸誌に寄せた。その日本語原文は『村上春樹　雑文集』(2011)で読めるが、冒頭にこうある。

一九八四年か一九八五年のことだったと思うが、友人夫婦と四人で車を借りてハワイを旅行したことがある。マウイ島の小さな町を訪れたとき、そこに一軒の thrift shop (安売り古物ショップ）があった。

くだんのTシャツとの出合いが、より詳しく描写されている。『雑文集』の注記には「本物のトニー滝谷さんから『一度ゴルフでもしませんか』とホノルルでお誘いを受けたのだけど、僕は残念ながらゴルフをやらないので、邂逅は果たせないまま」ともある。

以上の経緯をざっと見るだけでも、作家がこのTシャツ、およびこの小説にこめた思い入れのほどが伝わってくるというもの。忘れてならないのは、「トニー滝谷」が映画化もされたことだ（2005年、市川準監督）。『村上T』で村上さんは、さらに興味深いトニー滝谷氏本人との関わりも語りつつ、こう記している。

勝手に想像力を巡らせ、彼を主人公にした短編小説を書いて、それは映画にまでなった。たった1ドルですよ！　僕が人生においておこなったあらゆる投資の中で、それは間違いなく最良のものだったと言えるだろう。

ちなみに、「トニー滝谷」の初出は雑誌『文藝春秋』1990年6月号だが、これは初め長く書いたものを削ったショートバージョンで、『全作品』には改めて長く書き直したロングバージョンが収録された。その後、長いほうが『レキシントンの幽霊』に収められている。筆者は英語版オリジナル編集の短編集『めくらやなぎと眠る女』の日本語版（2009）で再読したが、これが長いほうか短いほうかは確かめていない（すみません）。

ただ、シャツにまつわるエピソードの楽しさに比べ、小説の内容はかなり暗いものだ。当然ながら作中のトニー滝谷は、現実のトニー滝谷氏とはまるで違う人物に造形されていて、ひと言でいえば孤独であり、不幸でもある。

特に、日中戦争から太平洋戦争に至る時期を中国で暮らした父親（滝谷省三郎）との関係は、どこか作家自身の父子関係を連想させる。前述の自伝的エッセー『猫を棄てる』を読んだばかりのせいか、「滝谷省三郎は父親に向いた人間ではなかったし、トニー滝谷もまた息子に向いた人間ではなかったのだ」という一節などは、はっと胸をつかれる。もっとも、この作品の最大の不幸は、女性の登場人物に関するものなのだが。

と、いけない、また話が硬いほうへ行ってしまった。

Tシャツとは、いかにも夏らしいアイテムだ。それは戸外や、海や、心地よい風を受けながらくつろぐひとときといったものを連想させる。この2020年という年はほとんど春という季節を実感できないまま過ぎ、夏もまた、マスクや、閉じたままの海水浴場や、触れ合いを制限されたスポーツ、イベントなど、らしくない光景が広がっている。でも、Tシャツだけは健在、かもしれない。窓を開放している場所が多く、冷房が効きすぎるということもないから、いっそうTシャツが活躍できるのかも……というのはいささかこじつけだが、まあ、素直に読んでなごみますよ、『村上T』。

〈特別収録〉
ロングインタビュー
July 2020, Tokyo

コロナ禍の下、音楽の力を信じたい

ラジオを聴きながら育ってきた

――村上春樹さんは2年前に「村上RADIO」を始めました（本書19ページ参照）。広さ50平方メートル余のスタジオで行われた次回（2020年8月15日放送）の収録の様子を見せてもらいましたが、和気あいあいとした雰囲気でスタッフとの呼吸もよく合っていますね。

村上 そうですね。スタッフが固定していて、割に気持ちよくやっています。この前の2回は［コロナによる外出自粛で］ステイホームだったので、僕が一人で、自宅で収録したんですけど、今回から元に復しました。

――「僕のDJ体験」のテーマでお話を聞きますが、まず村上さんが聴いてきたほうの体験を。中高生時代にはラジオ関西の電話リクエストをよく聴いていた、と。デビュー作『風の歌を聴け』（1979）に、その番組が重要な場面で出てきます。

村上 ラジオとともに育ったという感じがします。テレビももちろん見ていたけど、テレビって、昔ほら、一家に一台みたいな感じだったから、どうしてもみんなで見るという感じですよね。でも、ラジオというのは1対1だから。僕、音楽が好きだったから、ラジオが一番パーソナルな、その面ではすごく親しみが持てるメディアだったんですよね。いろんな音楽をラジオで聴きながら育ってきたから。

――トランジスタラジオですか？

村上　小さなトランジスタラジオですね。それもAMですよね。FMが出てきたのは、僕がもう高校生の終わりぐらいになってからです。それより前は、もうほとんどAM、中波放送ばっかりですよね。だから、音なんかあまりよくないんです。でもね、音がよくなくても一生懸命聴いた。あの頃はレコードも高いしね、そんなにいっぱい買えないじゃないですか。ラジオで仕入れるしかない。今みたいに、ストリームとかダウンロードもできないから。その分、一生懸命、大事に音楽を聴いていたということだろうと思います。

――テープレコーダーで録音することは？

村上　その頃はまだカセットテープもなくて、オープンリールしかない時代。だから、そんな簡単にできないんです。後になると、チューナーからデッキに録音したりダビングしたりするようになるし、ラジカセなんかも出てきたけど。

――ともかく、その時間こえてくるのを一生懸命聴くところから始まった、と。

村上　それしかないです。

――ラジオを自分の部屋で聴き始めたのは、いつごろから？

村上　小学校5年生ぐらいかなあ。小さいソニーのトランジスタラジオをもらって、それで聴き始めて。1959年ぐらい、60年より前です。その頃からずっとポップスを聴いていましたね。それから中学校、高校では、もう少し大きいトランジスタラジオになって。

――最初から、もう洋楽ですか。

村上　洋楽一本。僕は神戸の文化圏で育ったから、あの辺は洋楽中心だったんです、昔は。街でかかっている音楽も洋楽ですよね。文化的にそういう土壌だったのかなあ。あまり意識しなかったですけどね。自然とね、そっちのほうに行って。

――幼い頃、ピアノを習ったそうですね。

村上　習っていましたね。練習が嫌でやめちゃいました（笑）。小学校何年生からかな、ずっと中学校ぐらいまでやっていました。だから、楽譜は今でも読めて、それはよかったなと思っています。もう弾けないですけど、音楽聴きながら、ピアノで和音を探したりするの、好きですね。ただね、音楽って常に練習していないとだめじゃないですか。ピアノ弾くんでも、バレエ踊るんでも、ずーっと長い練習して、やっと人前でできるようになるのに何年もかかるのに、ちょっと練習を怠ったらもう落ちていく。でも、文章って練習しないでもすぐ書けちゃうんですよね。こんな楽なことないですよ、練習しなくていいんだもん。

——聴くほうはそれでもポピュラー？

村上　小学校の時から中学校、15歳ぐらいまではずっとポップスばっかり聴いていたんですけど、そこからジャズを聴いて、のめり込みまして、同時にクラシックも聴くようになって。ポップミュージックはもうラジオで聴くだけになって。レコードとかジャズ喫茶で聴くのはジャズとクラシックのほうになった。だから、3本立てで行っていたんですね。

——12歳の時に家にステレオ装置が来た、ということですね。

村上　そう、芦屋に移った時ですね。で、レコードを買って聴くようになるんだけど、あの頃レコード高いですからね。だからラジオでいろんな音楽を聴いて、欲しいものを厳選して買うということです。

――最初に手にしたレコードはビング・クロスビーの「ホワイト・クリスマス」だそうですね。

村上　あれはステレオ買った時におまけで付いてきたんですよ。自分で最初に買ったのはジーン・ピットニーのLPでした。中学校2年生ぐらいだったっけ。それがレコードコレクションの初めで。もうそれ以来、50何年もずーっとコレクションしていて。今はもう置き場もないぐらいたまってしまった。本は1回読んだらね、だいたい古本屋に売ったり、処分しちゃうんだけど、レコードは持っていますね。普通、作家は逆だと思うんだけど、僕の場合、本にはそんなに執着ないんですよ。初版とかそういうのも全然興味ないし。ただ、レコードはもうオリジナルのファーストエディションを中心に探しています。どっちかというとコレクターに近いですね。

――蔵書家ではない？

村上　蔵書家ではないです。本もためる、レコードもためるじゃ大変ですよ、そんなの（笑）。

――洋楽をよく聴いて、自然に歌詞を訳すようになった、と。

村上　僕はだから、歌詞を聴いて、丸暗記して、訳したりしているうちに英語がだんだん好きになってきて。今では翻訳をするようになったけど、最初は音楽の歌詞を全部頭に覚え込むというのが出発点です。

――「村上ＲＡＤＩＯ」を始めたきっかけは？　出版社の担当編集者を介して持ちかけられたということですが。

村上　やりませんかという話が来て、僕もテレビは嫌だけど、ラジオだったらやってみてもいいかなという感じで。というのは、僕はレコードとかＣＤ、山ほど持っていて、だいたい一人で聴いているんです。家で一人で聴いているとね、つまんないんですよね。誰かと一緒に話しながら聴ければいいなと思うんだけど、なかなかその誰かがいなくて。僕は昔ジャズの店をやっていたから、客が来て、レコードをかけて、あるいは生演奏して聴かせて、ということで、誰かと一緒に聴くのは慣れている。それが店をやめてからずーっとなかったから、そういう場所があるといいな、とは思っていた。ラジオだったら、そういうことってできるじゃないですか。それで、好きな音楽をかけて、好きなことをしゃべらせてくれるんだったら、やってもいいと話に乗った。

――デビュー前、早稲田大学在学中の74年から7年間、ジャズ喫茶を開いていましたものね。

「村上RADIO」は2018年8月に第1回が放送されました。

村上　最初から自分でレコードを選んで、何を話すかプログラムを作って、テーマを決めて、こういうフォーマットでやろうというふうに決めてやっているんです。レコードやCDは全部、僕が持っているコレクションの中で、これをかけたいというのをかけています。そういう番組って、今のラジオで不思議になかなかないですね。セレクトショップみたいなもので、何でもありますよという店ではなくて、品物を店主がセレクトして並べて、「こっちのテイストで並べています、気に入ったらまた来てください」ということです。だからテイストの合わない人は来ないし、テイストが合えば必ずまた来店してもらえるという感じの番組を作りたかった。

――イメージした番組はありましたか。

村上　いや、特にはないですね。ボブ・ディランが曲をセレクトしてやっているラジオ番組がアメリカで評判になったんです。かなり渋い曲ばっかり集めて。ただ、僕のはそんなに渋い曲は集めないです。というのは、僕は作家であって、音楽の専門家ではないので、あくまで趣味としてやっているんで、割に穏健なところでテイストを出す。ボブ・ディランの場合、音楽の専門家だから、そうとう突っ込んだ選曲していますけど、僕はそこまではいかない。むしろ、カスタマーフレンドリーなことをやりたいですね。あんまりこっちからいろんな要求を押しつけてもね、人は離れて行っちゃうと思うんで。

――2年間で既に15回放送を重ねました。

村上　本当はもっとやりたいんですけど、ふだん僕、外国に行くことが多いんで、なかなか録《と》りだめってできないんですよね。今はコロナで行けないから、やっていますけど。本当は1カ月に1回ぐらいやりたいと思っているんです。やりたい企画は1年、2年分ぐらいたまっているから、いくらでもできる［後日談：2021年4月からは月1回のレギュラー番組となり、同年7月末現在で通算26回放送］。ラジオは新しい試みとしてもすごく面白い。原則的に僕のラジオは1対1の対話だと思っているから、一人一人に話しかけるように話せるし、向こうからレスポンスも戻ってくるし。音楽聴きながらパーソナルに話ができるというのはいいですね。今はインターネットが中心になって、Ｚｏｏｍ［テレビ会議システム］だとかＳｋｙｐｅ［インターネット電話サービス］だとか盛んになっているけど、ああいうのはどうもなじまない。僕は、音楽のソースもＣＤとかストリームよりはＬＰレコードが好きだし、車の運転もマニュアルシフトが好きだしとか、アナログなんですよね、結局。だからラジオはピッタリ。テイストに合っている。

――やってみて、改めてラジオの面白さを再発見した？

村上　そうですね。音楽と声でコミュニケートするところに興味があって、あえていえば声でエッセーを書いている、みたいなところがある。話すのは得意じゃないと思っていたんで、講演はあまり好きじゃないんです。ただ、マイクと電波を通して人と話すのは面白いかもしれない。ホームページで読者とやり取りしたのをまとめた本をいくつか出していますけど、それの音声版みたいな感じです。

――ポップスからジャズ、クラシックまでジャンルを超えた独特な選曲に加え、曲や演奏者にまつわる村上さんの語りも話題豊富で、ユーモアがあり、リスナーにとって魅力です。

村上　僕の基本方針は、他の番組にはまずかからない音楽をかけようということ。結局、マーケットリサーチをすると、だいたいラジオを聴いている人の8割はJポップを聴くんですよ、リクエストとかね。だから、どうしても番組の8割以上はJポップのはやりものが中心になる。でも、それでは面白くないんですよね。僕は残りの2割を狙って（笑）、やっています。でも、きちんと作れば間違いなく効果はある。この人の選曲する曲を聴きながら、この人の話を聴いていれば安心できるという信頼感みたいなものを作るのが一番大事だと思うんです。僕が高校生の頃、ラジオ関西の電話リクエスト番組のDJで、いソノてルヲさんというジャズの評論家がいまして、ポップスをずっとかけるんですけど、たまにジャズの曲をかけて、一生懸命説明するんです。それを聴いて、あ、こういうのもいいなあと感じて、ジャズがだんだん好きになってきた。そういうことって音楽にはすごく大事です。これはこういう曲で、こうこうこうだから、こういうふうにいいんですよ、ときちんと説明して、かけるとね、聴いているほうもちゃんと聴いてくれます。そういうコミュニケーションです。

――2019年6月には公開録音「村上JAM」も開催しました。番組では、リスナーから寄せられる質問に熱心に答え、親密な雰囲気が印象的です。

村上　だいたいは好意的な反応が多いような気がします。テレビなんかに比べたら、ラジオは数はそんなにたくさんではないけど、それだけにすごく親密な感じというのはありますよね。クラシックをやってくれというリクエストも多くって、今度、クラシックも1回特集しようと思っています。「5分で聴けちゃう素敵なクラシック」みたいなのを［後日談：20年9月に「5分で聴けちゃうクラシック音楽」を放送］。

――時には小説執筆の背景も語られるので、読者にも聴き逃せません。

村上　あまり自分の宣伝はしたくないんですが、何か質問があったりすれば、答えながらやっていきたいとは思っています。僕は作家になったのが30歳で、店をやりながら小説書いていて、2年後に専業になった。その時に、もう文章を書く以外のことはするまいと心を決めたんです。だからメディアにも出なかったし、あまり表に顔出さなかったし、講演もしないし、というので文章を書く以外の活動は控えて、ずっと文章を書くだけで70歳近くまで40年ぐらいやってきたけれども、70過ぎたら、いいかなと思って(笑)。というのは、少しでも文章がうまくなりたいという気持ちがすごく強かったから、それ以外のことはなるべくしないようにしようと決めていたけど、ある程度、自分の書きたいことは書けるようになったし、そろそろ違うことを試してみてもいいんじゃないかと、ちょっと心が開けてきたところはありますよね。

――確かに2年前［18年］から、早稲田大学で「村上ライブラリー」設置について記者会見したり、朗読会を開いたり、人前に出ることが増えました。やはり背景には年齢がありますか。

村上　年齢的なことが大きいと思います。今でももちろん、書くことは生活の中心になっていますけど、他の方法で人に語りかけることがあってもいいかなあとは思っています。

強い言葉が一人歩きする状況は怖い

――コロナ感染拡大を受けて、2020年4月放送の「村上RADIO」冒頭で、店舗などの休業に追い込まれた人々のつらさに寄り添うコメントを述べました。5月には急きょ2時間にわたる特別番組「ステイホームスペシャル」を放送し、「少しでも元気の出る」「心が和む」音楽をかけました。心に響く内容でした。どんな思いをこめたのでしょう。

村上　僕、音楽の力というのはけっこう大きいと思っているんです。コロナウイルスに関しては知識を持たないし、どうすればいいのかもよく分からないですけど、あの2時間の番組をやって、いろんな音楽かけて、「すごく気持ちが楽になった」とか「救われた」とか「勇気づけられた」といった声を寄せた人は多かったですね。僕も音楽聴きながら話していて、だんだん気持ちが明るくなっていくような、何となく救われていくような気持ちがしたんです。もちろん、それは気分的なものであって、状況は何も変わらないんだけど、いい音楽にはそういうことができると思うんですよね。そういう力を僕は信じたいという気持ちはある。言葉でメッセージとして発して、励ましたり勇気づけたりするのはそんなには続かない。言葉だけのことだと、それはロジックだから。でも音楽はロジックを超えたものです。それは一種の共感させるもので、その力は、共鳴するというのかなあ、けっこう大きいと僕は思います。小説も同じなんです。ロジックでどれだけ説明しても、心には届かないですよね。それよりは物語というものの力が、直接的ではないし、少し時間はかかるかもしれないけど、共感を呼ぶ。だから、原理的には僕、音楽は小説書くのと同じだと思っているんですよ。

――即効性とは別のものですね。

村上　そうです。ステートメント［声明］みたいなものって、僕はあまり信用しないんです。感心する人はいるかもしれないけど、そんなに長く強くは残らないと僕は思う。だから、一番いいのは、僕がこういう曲をこれだけ選んで、こういうコンビネーションでかけているから、そのメッセージを説明はしないけど、パッケージとして分かってもらいたいというのが一つの気持ちとしてある。どれだけ伝わっているか知らないけど（笑）、伝わるといいなと思っているということですよね。でも、そういう反応はけっこう多かったですね、あの回はね。

——特別番組の中で村上さんは、人々が閉塞的になったり、自分の国や地域だけに閉じこもってしまうのは怖いとも発言しました。

村上　今、ツイッターみたいな、トランプ米大統領がやっているみたいな、限られた文字で言いたいことだけを言うSNS［ネット交流サービス］が一種の発信の中心になっていますよね。あんな短い文章で言いたいことが言えるわけないと思う。だから、僕はそうじゃないやり方で、そうじゃないメッセージを発したいということです。

——次回の収録では、最後にヒトラーのプロパガンダ（政治宣伝）に関する言葉を引いて、「分別より感情」に訴えかける声高な発信への違和感を語っていました。

村上　ある程度、僕なりのメッセージは発信していきたいと思っています。社会的なことはそんなにたくさんしゃべりたくないけれど、少しはしゃべらないといけない。あまり決めつけて強制したくはないけれど、僕はこう思っています、ということは言っていったほうがいいと思う。僕は1960~70年代の学園紛争時代に、言葉が一人歩きして、強い言葉がどんどん闊歩していく時代に生きていたので、そういう強い言葉が一人歩きする状況は嫌だし、怖い。結局、その時代が過ぎ去ったら、全部そんな言葉って消えちゃうんです、ただの言葉だから。誰も責任取らない。そういうのを見てきたから、そういう言葉に対する警報を発したいという気持ちが強いです、右であれ左であれ。特にこういう一種の危機的状況にある場合には、例えば関東大震災の時の朝鮮人虐殺のように、人々が変な方向に動いていく可能性があるわけです。そういうのを落ち着かせていくというのはメディアの責任だと僕は思うし。

——戦争、自然災害、疫病といった災厄の中での文学や音楽の役割とは?

村上　それはあると思いますよ。ただ、音楽にしても文学にしても直接的な効果を発揮するというのは難しい。僕は、こういう状況の中でどういう小説が書かれ、どういう音楽が作られるかに、どちらかというと意味があると思っています。それがどういう効用があるとか、どういう関連性を持つかというよりは、その中で、そういう状況がどんなものを作っていくかに興味があります。それとは別に、こういう番組をやって、自分の考えを口にできるのは、それはそれでいいことかもしれない。僕がラジオで一番気をつけているのは、偉そうにならないこと。リスナーと同じ地平に立つ感じで、目と目を合わせて話したいという気持ちです。上から目線になると、人は言うことを聞かないですよね。「僕はこう思うんだけど、いかがですか」というスタンスで話をしたいと思っています。僕、エッセーを書く時もいつも同じスタンスで書いているんですけどね。ラジオもそれに近いといえば近いのかなあ。

――小説というよりはエッセーに近い？

村上　そうですね。小説はとにかく自分の好きな書きたいことを書くから、読む人がどうこうみたいなことはあまり考えていない。エッセーとかラジオとは全然違いますよね。僕、個人的にはあまり人付き合いよくないんですけど、ラジオだとより親密な感じになれるんです。

――早大「村上ライブラリー」は２０２１年開館の予定ですね（後日談：コロナで半年延期となり、同年10月開館予定）。

村上　とにかく僕の本とかレコードとか資料とか全部、段階的に運び込んで、展示するというよりも使い回せる施設にしたい。レコードやＣＤは定期的に聴けるコンサートをするとか、自分で好きなものを借り出して聴けるとか、あるいはセミナールームをどんどん活用してもらうとか、海外から日本文学を研究するために来る外国の研究者に、僕に関係なく使ってもらうとか、とにかく使い回しのできるところに。よくある文学館と違って、実際に建物としてどんどん使えるものにしていきたいと思っています。

「父親と戦争」──責務として書いた

──２０２０年4月に出版した『猫を棄てる』は衝撃的なエッセーで、お父さんの従軍歴など、これまで書いてこなかったプライベートな内容が話題を呼びました。やはり70歳を期して書いてみようと考えたのでしょうか。

村上　今、書いておかないとまずいなと考えました。正直言って、身内のことで、あまり書きたくなかったんですけど、書きのこしておかないといけないものなので、一生懸命書いたんです。物を書く人間の一つの責務として。

──それはお父さんが3度召集された戦争、特に日本による中国侵略に関わることだからでしょうか。

村上　それはすごく大きいですね。そういうことがなかったことにしたいという人たちがいっぱいいるから、あったということはきちんと書いておかないといけない。歴史の作りかえみたいなことが行われているから、それはまずいですよね。父親が生きているうちは、あまり書くのは適当ではないと思っていたから、［２００８年に］亡くなってからしばらく時間を置いて書いたということです。

――村上さんは、虐殺の行われた南京攻略戦にお父さんが参加したかもしれないと思っていて、記録を調べる気持ちになかなかなれなかったと書いています。結局、南京戦には参加していないと分かったわけですが。

村上　そういうこともあってなかなか手をつけられなかったんだけど、そろそろ書かなくてはと心を決めました。調べてみると、父親の部隊は武漢のほうまで行って戦争していたんだと、［コロナ報道で］武漢［の映像］を見るたびに思いました。

――中国については初期作品からさまざまな形で扱い、重大な問題として捉えてきました。

村上　そうですね。確かに一つのテーマというか、モチーフになっています。

――お父さんの部隊が捕虜の中国兵を処刑したことなど、直接聞いた話も大きかった？

村上　やっぱり子供にとってはショックというか、それは残りますよ。

――また、かつて長い期間「冷え切った」関係だったという父子の描き方も、読者には驚きでした。

村上　あの文章を書くのはけっこう難しかったですね。自分自身についての事実を書くというのはとてもきついです。どういうふうに書くか、そのスタンスを決めるのに時間がかかります。

――猫にまつわるエピソードがあったから書けた、とも。

村上　いろんなエピソードを持ってきて全体のバランスを取り、人に読んでもらえる一冊の本にするというのは簡単なことじゃない。ようやく技術的にそれができるようになってきたということなのかもしれないけど。昔は書けることと書けないこととというのがありまして、書けないことは避けて通っていたんです。でも、だんだん作品ごとに書けるようになってきて、それで随分楽になりました。いろんな、前は書けなかったことがだんだん書けるようになってきて。最初の『風の歌を聴け』なんて書けないことの方が圧倒的に多かったから、書けることだけつないでいったら、ああいう本になった（笑）。

――『風の歌を聴け』は、ポップなものを自然に文章に取り込んだ文学がやっと現れたと、当時の若い世代は支持しました。

村上　僕はもうあれしか書けないから書いただけ、ということだったんです。でも、あのままじゃ作家としてやっていけませんからね。だから、文章がより自由に書けるように練習していって、やっといろんなことが思うように書けるようになってきたなという感じが最近はしています。

――やっと書けるように、と感じたのはいつごろですか。『1Q84』（2009～10）ではかなり自在に……。

村上　そうですね、あのへんからぐらいかなあ、割に楽に書けるようになってきたなと思ったのはね。

――『1Q84』に、主人公の一人、天吾と父親の和解のシーンがありますが、『猫を棄てる』につづった晩年のお父さんとの場面を思わせます。短編「トニー滝谷」（1990）でも中国に関わる父子関係を描いています。

村上　そういえばね。でも、一人の人間が書きたいこと、書かなくちゃいけないと思うことは限られていないます。そんなにたくさんあるわけじゃなくて、それをいろんな角度から、いろんな方法で書き続けるということでしかないんです。

――間もなく6年ぶりの短編小説集『一人称単数』が出ます（2020年7月刊行）。収録作8編のうち7編は2018年から足かけ3年かけて発表され、1編は書き下ろしですが、それだけ時間をかけて書いたのでしょうか。

村上　気が向いたら書くということですね。特に締め切りも何もなくて。最初の3本をわっと最初にまとめて書いたのかな。

――書いたものから発表していった？

村上　そうです。

――『一人称単数』というタイトルになったのは、短編を改めて一人称で書きたいという意図の表れですか。

村上　一人称をもう一回ちゃんと書いてみたいという気がして。8編それぞれに違う一人称なんです。みんな違う人がいろんな一人称で語っている、でも、ある種の共通点があるという割とややこしい構造になっています。

——それぞれに仕掛けが凝らされていて、一見、村上さんが自分のことを書いているかのような感じにも思わせつつ……。

村上　というよりは、まあ、いろんな仮定法みたいなもの、こうであったかもしれない「私」みたいな感じですよね。「僕ではないけれど、僕がこうであったかもしれない」一人称の観点が主人公、という感じが近いと思う。

——1985年の短編集『回転木馬のデッド・ヒート』も、全部語り手が実際に聞いた話だ、と最初に書いてあって、でも全部作ってあるという書き方でした。

村上　うん。そういう設定でした。

——今回は、全部村上さんの実際の話だと思わせつつ、全部作ってあるという感じなのかなと連想しました。また、一人称であることとともに、音楽が重要な役割を果たしている短編集なのかな、と。

村上　音楽、そういえばそうね。チャーリー・パーカー、シューマン、ビートルズ、あとは短歌が出てくるのが一つ、詩集が出てくる短編もある。それぞれの話に、そういう仕掛けが何かひとつあるみたいですね。

――「チャーリー・パーカー・プレイズ・ボサノヴァ」は、登場する曲を聴くと味わいが違うなと感じました。

村上　その短編に関しては楽しみながら書いたというほうが強いですね。書かなくちゃいけないから書いたとかいうよりは、もう何となく自然にすらすら書いちゃったという感じが強いと思います。だから、僕の場合は書きたいと思わないと書かないですよね。小説を書きたくない時は翻訳とかやっていますから。書きたいと思った時に書きたいように書くということだから、基本的にはすごく楽なんです。やっぱり締め切りあるとね、しんどいですよね。それで、書きたいという気持ちが起こらなかったら、もう書かなくていいやと思っているんだけど、ある程度時間がたつと必ず書きたくなってくるんで（笑）、それはまあありがたい。

――しかも、ちゃんと短編を書いた後に中ぐらいの長編が書きたくなり……。

村上　書きたくなりますね。

――その後に大長編が書きたくなり、というローテーションができています。

村上　だから、もう書きたいという気持ちが起こらなくなったら、また店でもやろうかと思っても、なかなかそれができなくて（笑）。書きたいという気持ちが起こらなくなって、書かざるを得ない、みたいなことだけはやはり避けたいから。

――長編『騎士団長殺し』（2017）も一人称でしたが、一人称に戻ったことにも年齢的な節目の意識はありますか。

村上　もう一度、元の立ち位置に戻って、違うこと、新しいことをやってみたいという気持ちはあります。僕の小説は一人称から始まって、ずっと三人称に移ってきたわけだけど、また一人称に戻って、そこで昔はできなかったことを一人称でやってみたいという気持ちはあると思います。これからどうなっていくかは自分ではちょっと分からないですけど。昔、一人称で書いた時にはできなかったことが今ではできるから、それを試してみたいということですよね。

――次は、中編的な長編に向かうのでしょうか。

村上　そうですね、またやるんじゃないですかね。まだ、これから考えますけど。たぶん、何か書くことになると思います。

――「村上RADIO」は、長編の執筆に入っても、翻訳のように長く続きますか。

村上 ラジオは続けようと思っているんですよ、できるだけ。多くの人とコミュニケートできるのは面白いし、そこでいろんなことができそうだから、もうちょっと試してみようと思います。

――翻訳とラジオ、小説執筆の三つを並行して？

村上 でもね、そんなに忙しいわけではない(笑)。まだもう少しはできると思うけど。

――音楽を聴き始めた1950年代末から現在まで60年以上、何が変わり、何が変わらないのでしょう。

村上 それはよく分からないですけど、若い頃は随分しょうもない音楽もけっこう聴いていたんですよ。今見ると、なんでこんなもの聴いていたんだろうと思うような(笑)。でも、そういうつまんないもの、しょうもないものを聴くことも大切なんですよね。そういうのを聴いてないと本当にいいものって分からないですね。それは小説も同じだし、音楽も同じです。僕自身は今はやっている音楽のしょうもないもの聴いても本当につまんない。でも、若い人はそういうのを一生懸命聴いているし、それはいいことだと僕は思う。だからあまり批判することはしたくないです。何でも若い時はどんどん取り入れて聴いていけばいいと思うし、僕も同じ道をたどってきて。最近は［自分は］非寛容ですよ、つまんないものに対しては、読むものに関しても、聴くものに関しても。でもそれはそれとして、多様性というものに対しては心をずっと開き続けたいと思うし、そのための努力はしています。

（２０２０年７月上旬、東京都内で。聞き手は大井、棚部秀行＝毎日新聞学芸部）

Black Lives Matter PLZ NW
EVACUATION ROUTE
16th ST NW
900

Chapter4
2020年7〜9月

騙される読者、世代の責任

7月1日　レジ袋の有料化義務づけ始まる▼5日　東京都知事選で小池百合子氏再選▼8日　公職選挙法違反で河井克行、案里夫妻を起訴▼8月17日　4～6月期GDP速報値、年率換算で戦後最悪の27・8％減（9月8日、改定値で同28・1％減）▼28日　持病再発で安倍首相が辞任表明▼9月12日（日本時間13日）　テニスの全米オープンで大坂なおみが2度目V。毎試合で差別撤廃訴え▼16日　衆参両院で菅義偉氏を首相に選出。菅内閣発足

《July》

最新短編集から聞こえる音楽

2020年7月18日、村上春樹さんの短編小説集『一人称単数』（文藝春秋）が刊行された。小説の出版は2017年の長編『騎士団長殺し』以来、3年ぶり。短編集は14年の『女のいない男たち』以来で6年ぶりである。

既述の通り、収録作8編のうち7編は18～20年に文芸誌に発表されたもので、表題作の「一人称単数」1編が書き下ろしだ。雑誌発表の数編に加え、比較的短い表題作が書き下ろされる形は『女のいない男たち』と同じ。しかも、同様に表題作がこの本全体を象徴する意味を持っている。いや、今回はより直接的に、短編集の「解題」のような役割を果たしていると言ってもいいかもしれない。

例えば、語り手の「私」（ちなみに、他の短編の語り手は「僕」もしくは「ぼく」で、これだけが違う）が、次のように考えるくだりがある。

私のこれまでの人生には――たいていの人の人生がおそらくそうであるように――いくつかの大事な分岐点があった。［中略］そして私は今ここにいる。ここにこうして、一人称単数の私として実在する。もしひとつでも違う方向を選んでいたら、この私はたぶんここにいなかったはずだ。でもこの鏡に映っているのはいったい誰なのだろう？

引用の最後の一文に傍点が振られているが、こういう自問の仕方自体は、それこそ誰もが人生のある場面で一度は経験するものだろう。また、『女のいない男たち』の表題作が散文詩ともいえるような暗示的、隠喩的な文章だったのに対して、「一人称単数」にそういう異質さはない。きわめて小説的、というか、むしろ村上作品らしさを凝縮したような小説ともいえる。

あとは読んでのお楽しみだが、7月上旬にインタビューした際、著者本人がこの短編集に関する質問にも答えてくれた。その内容は本書（本章の前）に収録したので、重なる部分もあるけれど、改めて触れておきたい。刊行を受けて、特に上記の表題作を読んでみると、いっそう含蓄に富む話と感じられる。

まず、村上さんの最近の短編集は短期間にまとめて書かれ、雑誌連載の後、間もなく書き下ろしを加えて刊行されるというパターンが多かった。今回は雑誌発表が断続的に足かけ3年にわたったが、それだけ時間をかけて執筆したのか聞くと、「気が向いたら書くということですね。特に締め切りも何もなくて。最初の3本をわっと最初にまとめて書いたのかな」と答えた。書き上げたものをそのつど発表していったということだ。

そして、タイトルについて、短編を改めて一人称で書きたいという意図の表れか、と問うと、次のように話した。初期作品で一人称の「僕」を用いた新しい文体が多くの読者をとらえた村上文学は、その後、徐々に三人称による小説へと移行してきた。

一人称をもう一回ちゃんと書いてみたいという気がして。8編それぞれに違う一人称なんです。みんな違う人がいろんな一人称で語っている、でも、ある種の共通点があるという割とややこしい構造になっています。

確かに、どの短編にも巧みな仕掛けが凝らされている。一見、作家・村上春樹が自分の経験を書いているかのように思わせるが……。

というよりは、まあ、いろんな仮定法みたいなもの、こうであったかもしれない「私」みたいな感じですよね。「僕ではないけれど、僕がこうであったかもしれない」一人称の観点が主人公、という感じが近いと思う。

この、仮定法のような「こうであったかもしれない『私』」とは、表題作でいえば先の引用部分の「今ここにいる」私、「ここにこうして、一人称単数の私として実在する」者に他ならないだろう。そうした「私(僕、ぼく)」が実に多様な状況設定のもと、自在に描かれているのである。

筆者は、収録作を読んでいて、1985年出版の短編集『回転木馬のデッド・ヒート』を思い起こした。この本には最初に置かれた前書きのような一編に、全部語り手が実際に聞いた話だと書いてあるが、後に作家自身が全て創作であると明かした。だから『一人称単数』は、どれも作家本人の実際の話だと思わせつつ、本当は全部創作——という成り立ちのように思われたのだ。この連想が妥当か、村上さんが明言することはなかったが、否定もしなかった。

☆

一方、『一人称単数』のどの短編も、音楽が重要な役割を果たしているのでは、との質問には、即座にこう反応が返ってきた。

音楽、そういえばそうね。チャーリー・パーカー、シューマン、ビートルズ、あとは短歌が出てくるのが一つ、詩集が出てくる短編もある。それぞれの話に、そういう仕掛けが何かひとつあるみたいですね。

中の一編「チャーリー・パーカー・プレイズ・ボサノヴァ」は、ジャズファンならタイトルを見るだけで興味を引かれるだろう。チャーリー・パーカー（1920～55年）は伝説的なサックス奏者だが、ブラジル音楽のボサノヴァが米国などで広く知られるようになるのは60年代以降であり、この組み合わせは本来あり得ないからだ。

その短編に関しては楽しみながら書いたというほうが強いですね。書かなくちゃいけないから書いたとかいうよりは、もう何となく自然にすらすら書いちゃったという感じが強いと思います。

そう語った村上さんは、自身の創作流儀にも言及した。

だから、僕の場合は書きたいと思わないと書かないですよね。小説を書きたくない時は翻訳とかやっていますから。書きたいと思った時に書きたいように書くということだから、基本的にはすごく楽なんです。やっぱり締め切りあるとね、しんどいですよね。それで、書きたいという気持ちが起こらなかったら、もう書かなくていいやと思っているんだけど、ある程度時間がたつと必ず書きたくなってくるんで（笑）、それはまああありがたい。

もう書きたいという気持ちが起こらなくなったら、また店でもやろうかと思っても、なかなかそれができなくて（笑）。書きたいという気持ちが起こらなくなって、書かざるを得ない、みたいなことだけはやはり避けたいから。

この発言は、本書でも度々紹介したように、作家がデビュー前の74年から7年間、東京でジャズ喫茶を開いていたことによる。

☆

一人称についてはもう1点、聞きたいことがあった。前年2019年に70歳になった村上さんは、その節目を意識してラジオ番組のDJや朗読会など、さまざまな「文章を書く以外の活動」に取り組むようになったと話していたからだ。長編『騎士団長殺し』も一人称で書いたが、一人称に戻ったことにも年齢的な要素はあるのか。

もう一度、元の立ち位置に戻って、違うこと、新しいことをやってみたいという気持ちはあります。僕の小説は一人称から始まって、ずっと三人称に移ってきたわけだけど、また一人称に戻って、そこで昔はできなかったことを一人称でやってみたいという気持ちはあると思います。これからどうなっていくかは自分ではちょっと分からないですけど。昔、一人称で書いた時にはできなかったことが今ではできるから、それを試してみたいということですよね。

村上さんの小説には短編、中編的な長編、大長編の3類型があり、それらを順番に書くペースができている。「次は中編的な長編?」との問いには、「そうですね、またやるんじゃないですかね。まだ、これから考えますけど。たぶん、何か書くことになると思います」と述べた。

インタビューは、この作家がDJを始めてから20年8月で丸2年を迎えるのを機に行ったものだが、長編の創作に入ってもＤＪの仕事は続くのか聞くと、「ラジオは続けようと思っているんですよ、できるだけ。多くの人とコミュニケートできるのは面白いし、そこでいろんなことができそうだから、もうちょっと試してみようと思います」と即答した。すると、小説執筆と翻訳を並行して進めていたところに、もう一つＤＪが加わることになるが……。「でもね、そんなに忙しいわけではない（笑）。まだもう少しはできると思うけど」と力強く語った。

最後に、小学生だった50年代末から、幅広いジャンルの音楽を聴き続けてきた村上さんに、この60年以上の間で何が変わり、何が変わらないかを尋ねると、こう答えた。

それはよく分からないですけど、若い頃は随分しょうもない音楽もけっこう聴いていたんですよ。今見ると、なんでこんなもの聴いていたんだろうと思うような（笑）。でも、そういうつまんないもの、しょうもないものを聴くことも大切なんですよね。そういうのを聴いてないと本当にいいものって分からないですね。それは小説も同じだし、音楽も同じです。［中略］最近は［自分は］非寛容ですよ、つまんないものに対しては、読むものに関しても、聴くものに関しても。でもそれはそれとして、多様性というものに対しては心をずっと開き続けたいと思うし、そのための努力はしています。

村上作品における音楽の重要性は早くから指摘されてきた。最近のＤＪへの打ち込み、そして新短編集での音楽の存在感は、このテーマを際立たせるものといえる。

《August》

「Black Lives Matter」を訳すと…

村上春樹さんがDJを務めるラジオ番組の最新第16回「村上RADIOサマースペシャル〜マイ・フェイバリットソングズ&リスナーメッセージに答えます〜」が、2020年8月15日に放送された。7月上旬に行われた収録に立ち会わせてもらったこともあって、いっそう興味深く聴いた。過去2回は新型コロナウイルスによる外出自粛で村上さんが自宅で収録する「ステイホーム」版だったので、しばらくぶりのスタジオ収録でもあり、冒頭「やっぱりスタジオの雰囲気っていいですよね」と語っていた。

プログラムは村上さんお気に入りの音楽をかけ、合間にリスナーから寄せられた質問に答えるというもの。取り上げた全ての曲や発言は、これまでと同様、TOKYO FMのホームページに載っているから、興味のある方はそちらをご覧いただきたいが、ここでは収録時に印象に深かった2点を紹介したい。

一つは、「昔から大好きだった曲」で「[かつてジャズ喫茶をやっていたころ]閉店した後によく一人で聴いていた」というウィリアム・ソルター「It Is So Beautiful To Be（ここにこうして生きているって素敵だね）」を流しながらの、次の発言だ。

ところで話は変わりますけど、"Black Lives Matter"というスローガン、あれいろんな人が翻訳しているんだけど、どれもピンとこない。もし僕が訳すとしたら「黒人だって生きている！」というのが近いように思うんだけど、いかがでしょう？

これは米国で5月に起こった白人警官による黒人男性暴行死事件を機に、世界各地に広がった黒人差別への抗議デモのスローガンで、確かに日本ではニュアンスの取り方が難しく、「黒人の命は大事だ」「黒人の命を尊重しろ」など、さまざまな訳が提示されてきた。村上さんはアメリカ文学の翻訳家で、米国に長く居住したこともある。そうして得た自らの経験に裏打ちされた訳し方なのだろう。ラジオ番組でのコメントというと軽い感じも受けるが、公的な発言として熟考したうえでの提案だと思われる。

☆

もう一つは、番組の最後にミュージシャンらの含蓄ある言葉を取り上げる「村上ＲＡＤＩＯ」恒例のコーナー。「今日は趣向を変えて、ちょっと違う分野の人の言葉を紹介します」と断って読み上げたのは、ナチスドイツのアドルフ・ヒトラーの著書『わが闘争』の中の一節だった。「プロパガンダは常に感情に向けられるべきであり、分別に向けられるべきではない。

いかなるプロパガンダも大衆的でなくてはならず、その知的水準は最も頭の悪い者の理解力に合わせなくてはならない」

言うまでもなく、村上さんはヒトラーの信奉者ではなく、全く反対の立場から批判的、あるいは風刺的に取り上げたのだ。この「すごく率直でわかりやすい意見」が「大いに効果を発揮し」、「世界は大きな戦争に引きずり込まれて」いったと述べたうえで、こう続けた。

これって、なんかどっかの国の大統領のやり方を思い出させますよね。

名前は出さなかったが、米国のトランプ大統領を指すことは収録翌日、筆者らによるインタビュー（本書所収）で語った内容からも明らかだ。さらに付け加えた次の話も、インタビューでの発言と重なる。

現在SNSなんかで盛んに行われている声高な発信にも、これに似たものが少なからず混じっていそうです。分別より感情。相手の知的水準を低く設定する。そういう傾向が最近いささか気になっていたので、今日はアドルフさんに特別出演していただきました。

そして最後に、「この番組はもちろん、聡明で心優しいリスナーを対象として設定していますご安心ください」と、ユーモラスに言い添えた。

実はこの回の収録時、まだ放送日は確定していなかった。だから初めから意図してのことではないようだが、こういう作家のメッセージが偶然にしろ、戦後75年の8月15日という先の戦争を考えるうえでの特別な日に発せられたのは意味深いと思う。

☆

話は変わる。『文學界』9月号が村上さんの短編集『一人称単数』に関する座談会と評論を載せている。版元の文藝春秋が発行している雑誌だから自己PRには違いないが、計4人の、世代の異なる評者の読みがそれぞれに面白く読める。

「最速誌上読書会」と銘打ったオンライン座談会の出席者は、翻訳家の鴻巣友季子さん（1963年生まれ）と、いずれも作家の上田岳弘さん（79年生まれ）、小川哲さん（86年生まれ）。ただし、出版前の開催のため、書き下ろしの表題作1編については論じていない。この点、スラブ文学者の沼野充義さん（54年生まれ）による評論は刊行後に書かれたと見られ、表題作にも触れている。

上田さんが指摘しているように、収録された短編はいずれも「語り手が村上春樹本人であると読み取れる」ように書かれているのが特徴だ。象徴的なのが「『ヤクルト・スワローズ詩集』」だろう。ちなみに、かぎ括弧が二重になっているのは、『ヤクルト・スワローズ詩集』という（架空の）詩集をめぐる小説で、タイトル自体が括弧付きだからである。

さて、鴻巣さんは「これを読んで本当に『ヤクルト・スワローズ詩集』を探した人もいるそうです」と言い、小川さんが「みんな探すんじゃないですか？　これは騙されますよ。［中略］僕も、自分が小説書いてなかったら騙されていますね」と話しているが、何を隠そう、筆者も「騙されて」「探した」一人だった。もちろん同誌2019年8月号の初出時にだが、まさかとは思いつつ、「もし自分だけが知らないなら恥ずかしい」と念のためインターネットで検索してみたことを正直に白状しよう。

事ほどさように、どの作品も実話と思わせるような巧妙な仕掛けが凝らされている。前節、インタビューでの作家本人の発言とともに書いたことと重なるが、この点については沼野さんの評論も「一人称の語りを通じて、自伝的回想の枠を作りながら、そこに自由に虚構をはめこみ、回想と虚構を交錯させる手法」と分析している。

ただ、一方で注意深く読むと、全ての短編に「これは虚構ですよ」という印が作者によってひそかに押されているのが分かる。例えば、冒頭の「石のまくらに」では、語り手の「僕」は19歳で大学2年生という設定が初めのほうに出てくる。しかし、1949年の早生まれの村上さんは1年浪人して大学に入学したので、現実には2年生なら20歳になっているはずだ。問題の『「ヤクルト・スワローズ詩集」』にしても、18歳で大学に通うため東京に出てきたのが68年、となっているが、作家が68年に上京したのは19歳の時だった。同様の印は他の作品にも、きちんと押されている。

それだけではない。2018年7月号初出の「チャーリー・パーカー・プレイズ・ボサノヴァ」という短編は、同題の架空のアルバムについて（いかにもありそうに）論じた文章を「僕」

が大学時代に書いた話から始まるが、こういう一文がさらりと置かれている。

中には僕の書いた記事を真に受けて、そのレコードを買いに実際にレコード店まで足を運んだ人もいたらしい。

気がついてみれば「騙され」た側としては頭を抱えるしかないのだが、これは翌年に発表される「『ヤクルト・スワローズ詩集』」に対する（うかつな）読者の反応を、まるで予期したような話ではないか。

☆

以上のような、ややオタク的な読解以上に重要なのは、この作家の一貫したモチーフである日本の戦争責任に対する問いかけが、随所に、それとは明示されない仕方でこめられていることだろう。これも一例を挙げると、「クリーム」という作品に、次のようなくだりがある。

彼女に憎まれるようなことをした覚えはぼくにはまるでなかった。でも人は自分では気がつかないところで、他人の気持ちを踏みにじったり、プライドを傷つけたり、不快な思いをさせたりすることがある。そういう考えられなくはない憎しみのいくつかの可能性について、そこにあったかもしれない誤解のいくつかの可能性について考えを巡らせてみた［以下略］。

語り手の「ぼく」は浪人生だった18歳の時、かつて一緒にピアノを習っていた1学年下の女の子から演奏会への招待状を受け取り、当日、神戸の山の上にある会場へ足を運ぶ。だが、そこには無人の建物しかなく、ぼうぜんとした「ぼく」が、ふと「彼女」にだまされたと気づく場面だ。小説のストーリー自体はさらに不思議な展開を見せるのだが、引用した部分には、戦後日本が例えばアジアの国々から向けられた「憎しみ」と似た構造が読み取れるように思われる。

これがあながち深読みともいえないのは、表題作「一人称単数」でも、身に覚えのない悪意あるいは非難を向けられるというモチーフが繰り返されるからだ。そもそも、やはり神戸が主要な舞台だった初期の代表的短編「中国行きのスロウ・ボート」(1980)を思い起こさせるのだが、知られているように、この作品にも日本の中国に対する侵略(の忘却)が暗示されていた。

事実として村上さんと戦争をつなぐのが、中国戦線に赴いた父親の従軍体験にあったことは、前述の自伝的エッセー『猫を棄てる』に明らかだ。この本と短編集『一人称単数』に重なる要素がいくつも認められることは、先の座談会や沼野さんの評論でも言及されている通りである。一見、ひたすら実験的で軽快な作品の中で、戦争をはじめとする人間の「悪」や弱さの諸相が、それも容易に「善」や強さと反転可能なものとして深く考察されている。こうした重層的な小説の構造も、村上文学の特徴といえる。

《September》

「僕にとっての大切な愛読書」とは

首相に就任した菅義偉氏を、村上春樹さんが「菅ちゃん」と呼ぶのを耳にしたことがある。2020年4月に放送されたラジオ番組「村上RADIO」の中でのことだから、まだ安倍晋三氏が突如退陣を表明するなど誰も（たぶん）想像もつかない時期だ。音楽界の偉人などの言葉を紹介する恒例の「最後の言葉」が、その回は、村上さんと同じ1949年生まれの米国ロック界のスター、ブルース・スプリングスティーン氏のものだった。

番組ホームページによると、放送での関連発言は次の通り。

実は、僕はブルース・スプリングスティーンと同じ年の生まれなんです。ついでに言うと菅官房長官も同い歳です。しかしブルースと菅ちゃんと同い歳というのは混乱するというか、なんか戸惑いますよね。自分の立ち位置がよくわからなくなるというか……まあ、どうでもいいんですけど。

こう種明かしすると、なあんだ、そんなことかと、肩すかしを食ったように思われるかもしれない（すみません）。べつに菅氏と顔見知りというわけではなく、単に「同い歳」に関して引き合いに出したに過ぎないから。ちなみに、菅氏は48年12月生まれで、49年1月生まれの作家とは同学年だが、スプリングスティーン氏は49年9月生まれなので、村上さんと「同じ年の生まれ」ではあるが、厳密にいうと菅氏と「同い歳」ではない。まあ、これも同世代意識を述べた発言の趣旨からいえば、ささいな話だが。

ところで、村上さんが紹介した、くだんのスプリングスティーン氏の言葉をホームページから引用してみる。文中の「明日なき暴走」は同氏のミュージシャンとしての名声を確立した75年発売のアルバムだ。

「明日なき暴走」のあとで僕が感じたのはリアルな責任感だった。自分が歌っているものと、オーディエンスに対する責任だ。僕はその責任と共に生きていかなくてはと思った。そして僕はそこに飛び込んでいった。真っ暗闇の中に足を踏み入れ、あたりを見回し、そこで僕が知っているもの、僕に見えるもの、僕が感じることについて曲を書きたいと思った。僕らの足下から簡単には消え去らないものごとに結びつく、大事な何かを見つけたいと思った。

これを読み上げた後、作家は「彼のそういう気持ち、同じ表現者としてと言うとおこがましいですが、僕にもリアルによくわかります」と語っていた。

ここから先は筆者の勝手な想像になるけれど、「責任感」「足下から簡単には消え去らないものごとに結びつく、大事な何か」といった言葉には、戦後のベビーブーム世代、カウンターカルチャー世代としての国境を超えた、ある共通の志が表れているように思われる。簡単にいうと、青年時代に権力、権威への異議申し立てを行った者としてのまっとうな生き方、あるいは社会的な公正や多様な個人の尊重にもとることのない表現を追求する姿勢である。

さて、では「菅ちゃん」はどうか、その「責任感」は、ということになるが、文学や音楽の表現の問題と、政治、それも一国の首相が担うものとではあまりに異なり、単純な比較はできないし、すべきでもない。ただ、「ちゃん」付けに同世代としての、そこはかとない親しみがうかがえる一方で、作家が混乱や戸惑いを口にしているところには、菅氏という人物に、どこか異質な感じを持っている様子も伝わってくる。ちょっと想像が過ぎるかもしれないが……

（後日談：この時、「異質な感じを持っている様子」という表現で抱いた筆者の想像は、早くも翌10月の日本学術会議新会員候補6人の「任命拒否」によって、きわめてあからさまな形で顕在化する。この問題に対する村上さんの見解については、次章以降を参照していただきたい）。

☆

さて、村上さんが翻訳した米作家、カーソン・マッカラーズの長編小説『心は孤独な狩人』（新潮社）が2020年8月下旬、刊行された。「『最後のとっておき』にしていた古典的名作」（帯のコピー）という触れ込みである。

実際「訳者あとがき」では近年、新訳を手がけたフィッツジェラルド『グレート・ギャツビー』やチャンドラー『ロング・グッドバイ』、サリンジャー『キャッチャー・イン・ザ・ライ』、カポーティ『ティファニーで朝食を』などと並べ、「あとに残されているのは、このカーソン・マッカラーズの『心は孤独な狩人』だけとなった」と自ら書いている。20歳ごろに初めて読んで以来の「僕にとっての大切な愛読書」とも記している。しかし、よほど米文学に通じた人でなければ、マッカラーズをこれらの作家と同等の存在として認知しているとは思えない。

それは村上さんもよく分かっていて、例えば米文学者、柴田元幸さんとの14年の対談では「ずいぶん過小評価されてますよね」と話し、柴田さんも「かつては英文科の女子学生のあいだでけっこう人気があったんですけどね。いまはあまり知る人もいないかなあ」と応じている(『帰れ、あの翻訳』、前掲『本当の翻訳の話をしよう』所収)。その後、村上さんはマッカラーズの小説『結婚式のメンバー』を「準備段階として」訳したうえで(16年刊)、いよいよ『心は孤独な狩人』に取り組んだということだ。

なぜ「この作品の翻訳を、いちばん最後までとっておいた」か。――やはり「訳者あとがき」に詳しく、真情のこもった文章をつづっている。『心は孤独な狩人』が「今の時代の日本の読者に(とくに年若い読者に)、どれほどの共感をもって受け入れられるか、そのことに今ひとつ確信が持てなかったからだ」という。

また、作品に描かれるのは「言うなれば個人的に閉じた世界」であり、「長くて救いの見えない物語」だから、と。

☆

そういう意味では、「訳者あとがき」を先に読んだ筆者も（年若くはないが）恐る恐る読み始めたというのが正直なところだった。しかし、読んでみて非常に驚き、また感動した。なるほど、村上さんが「古今東西、女性作家の中では僕が個人的にいちばん心を惹かれる人かもしれない」というのもよく分かる。

まず、文章のうまさに目を見張った。訳者も指摘するように、この小説はマッカラーズのほとんどデビュー作に近く、発表されたのは1940年、23歳の時だ。米南部の小さな都市に暮らす、さまざまな「痛みや欠落や異様性」を抱えた老若男女が登場するが、一人一人が見事に描き分けられている。心理の動きを示す仕草や移り行く時間、自然の情景描写も素晴らしい。「それはおそらく彼女にしかできない特殊な作業だ。繊細で、大胆で、恐れることを知らない。そしてまたしたたり落ちるように美しくもある」と訳者が記す通りである。

発表当時、マッカラーズは「天才少女」として脚光を浴び、そのためにかえって傷ついたそうだが、これが事実上のデビュー作では無理もないという気がする。ひょっとして原作よりも「うまく」訳してしまっているのではないか、と思われるほどだ。

もう一つの驚きは、村上作品を思い起こさせる箇所がたくさんあったこと。つまり、村上さんの文体は、明らかにマッカラーズから影響を受けた部分があると感じさせる。それは比喩の用い方や描写の呼吸、場面の切り取り方といった、なにげない細部にうかがえる。例えば、街のカフェの主人が店内を眺めている次のような描写。

食べている人々。食物が詰め込まれた、大きく開いた口。それはいったい何を意味するのか？　少し前に彼が読んだ記事があった。生命とは摂取と滋養と生殖という事柄に過ぎない、とそこには書かれていた。店は混んでいた。ラジオからはスイング楽団の音楽が流れていた。

ここに楽団の名前と具体的な曲名が入れば、村上作品の一段落であってもおかしくない。他にもいろいろ挙げることができるが、章ごとに視点人物を変えながら三人称で描かれる緻密な構成の中に、１９３０年代後半の米南部を覆っていた激しい人種差別や貧困、階級闘争が浮き彫りにされていく作品は、ある意味で既に小説として完成されている。

確かに、ここにある「独特の『重さ』」は現在の目から見て重すぎる面もあるが、訳者自身が書いているように、貧困や人種差別などの「状況は今でも基本的には何ひとつ変わってはいない」。そして、人々が抱えた現実の「重さ」を見据えつつ、それを超えて存在する作者の「どこまでも温かく、深い同情と共感」は、十分に今の（日本の）読者の心をも打つのだ。

もちろん、この作品の価値は「悲しみに満ちた世界を広く見渡し、細部を克明に描きあげる」作者の文学的な力量にあり、単純なスローガンやメッセージが書かれているわけでは少しもない。しかし、例えば今の「Black Lives Matter」運動の背景を日本人が理解するのが難しいとすれば、この小説は適切な導きの糸を与えてくれるはずである。少なくとも、筆者にとってはそうだった。

村上さんがマッカラーズにひかれた理由について、勝手な推測を一つ付け加えると、彼女の生年（1917年）が村上さんの父親と同じだということもあるのではないか。要するに、彼女は親と同世代であり、国の違いはあれ、同じ時代の空気を吸って生きた人だった。人間は自らが生きる時代を選べない。だからこそ逆に、世代の責任というものを引き受ける必要がある。初めに紹介した話からも、そのように村上さんは考えていると思われるからだ。ただし、父親が90歳の長命を保ったのに対し、マッカラーズは50歳の若さで世を去っている。デビューが華々しかったのに比して、結婚生活を含む人間関係や自身の健康には恵まれず、困難な作家人生を送ったことも「訳者あとがき」には記されている。

文学をはじめとする芸術の創作者の生き方というのも、思えば不思議なものだ。村上さんは『心は孤独な狩人』について「もし仮にこの本一冊しか書かなかったとしても、彼女はおそらくアメリカ文学史に名を残したことだろう」と述べているが、そのように若くして「代表作」を書いてしまう人もいれば、老いてのちに傑作を残す人もいる。1作だけで歴史に残る人もいれば、どれほど多くの話題作を放っても没後は急速に忘れ去られる人もいる。そんな創作者のありようをも考えさせる、筆者にとって貴重な読書体験だった。

10 / 16
の刃で、悪夢を断ち斬れ
劇場版
きめつのやいば
鬼滅の刃
無限列車編
10.16
10 / 16
ここにいる者は、
誰も死なせない!!
その刃で、悪夢を断ち斬
劇場版
きめつのやいば
鬼滅の刃
無限列車編
10.16

Chapter5
2020年10～12月

耳の良さ、忘却・無関心を批判

10月1日　日本学術会議新会員候補6人を菅首相が任命拒否したことが発覚▼11月7日（日本時間8日）　米大統領選で民主党のバイデン氏勝利宣言▼11日　新型コロナ感染が再拡大。日医会長、「第3波」の認識▼12月6日　「はやぶさ2」のカプセルをJAXAが回収（15日、小惑星リュウグウで採取したサンプル確認）▼25日　日本国内で英国型変異株を初確認▼28日　「劇場版『鬼滅の刃』無限列車編」が国内の映画興行収入の新記録樹立

《October》

『「グレート・ギャツビー」を追え』を翻訳

村上春樹さんが翻訳したジョン・グリシャム著『「グレート・ギャツビー」を追え』（中央公論新社）を読んだ。また翻訳の話か、と思われるかもしれない。既に何回か翻訳を話題にしてきた。しかし、なにしろ村上さんが次々と翻訳書の新刊を出すのだから仕方がない。

で、今回は現代の米ベストセラー作家、グリシャム氏（1955年生まれ）のミステリーである。筆者には未知の作家で、弁護士の経験を生かした法廷ものなどで知られるらしい。だが、「訳者あとがき」を先に読むと、『「グレート・ギャツビー」を追え』は弁護士がほとんど出てこない、グリシャム作品としては珍しい小説のようだ。

村上さん自身、2017に出た原著を読んだのはポーランド旅行中の書店で「たまたま」目にしたのがきっかけだったという。それも本の裏表紙の内容要約に、「フィッツジェラルドの生原稿がプリンストン大学の地下金庫から盗まれた」といった「強く興味を引かれる」記述があったために「買い求め、すぐに読み始めた」。スコット・フィッツジェラルドの作品を、村上さんが若い頃からいかに愛好してきたかは、これも本書で繰り返し言及してきた。

あとがきに「僕は一九八三年にプリンストン大学のファイアストーン図書館を訪れて、スコット・フィッツジェラルドの生原稿を見せてもらったことがある」ともある。まさにその図書館が盗難の舞台となる本書に、訳者が「読みふけることになった」のも当然だろう。

☆

そんなわけで、日ごろ翻訳もののミステリーを読みつけない筆者も、「いったん読み出したら止まらなくなった」という村上さんの熱にあおられるようにして読み始めた。なるほど、冒頭いきなり生原稿の強奪計画と実行場面がテンポ良く描かれる。その後、主要な登場人物である男女2人の事件との絡みが、それぞれの境遇とともに巧みに示されていく。

中でも、やはり訳者が「本書の魅力のひとつ」として的確に指摘しているように、「全米でも有数の独立系書店のオーナー」である男性が「同時に希覯本の蒐集家（専門は現代アメリカ文学）でもある」という設定は、アメリカ文学やミステリーに必ずしも関心を持たない「本好き」にも興味を抱かせる点だ。希覯本とは、初版本や限定本などでめったに世に流布しない本のこと。知的で精力的な書店主の謎を秘めたキャラクターが、探偵役の「スランプに悩む新進女性作家」の視点によって少しずつ明らかにされる。

興味深いのは、村上さんがこうした小説の構造に、フィッツジェラルドの代表作『グレート・ギャツビー』（1925）と共通するものを見ていることだ。2006年に村上さんが新訳を出して話題となった『グレート・ギャツビー』の場合も、謎めいた大富豪のジェイ・ギャツビーの実像が、若い友人、ニック・キャラウェイの視点で描き出される。

ちなみに、グリシャム作品で奪われるのはフィッツジェラルドの長編小説全5作であり、もちろん『グレート・ギャツビー』が含まれている。というか、捜査に当たるFBI内部で、この事件が「ギャツビー・ファイル」と呼ばれるほど象徴的な作品であり、したがって訳題もこのようになったわけだ。言うまでもなく、全てはフィクションだが。

かくして、筆者も読むうちにぐいぐいと引き込まれ、最後まで読まされてしまった。小説の面白さはいくつも挙げられるが、ネタばれになるので控えておこう。内容とは別にもう一つ、あとがきで訳者は、自分が「希覯本みたいなものにはあまり興味が持てない」とする一方、「ジャズ・レコードのコレクションをしている」ことに触れ、「希覯本蒐集家たちの気持ちも決してわからないではない」と記している点が関心を引いた。

というのは、7月の筆者らのインタビューで、村上さんが次のように語るのを耳にしていたからだ。

本は1回読んだらね、だいたい古本屋に売ったり、処分しちゃうんだけど、レコードは持っていますね。普通、作家は逆だと思うんだけど、僕の場合、本にはそんなに執着ないんですよ。初版とかそういうのも全然興味ないし。ただ、レコードはもうオリジナルのファーストエディションを中心に探しています。どっちかというとコレクターに近いですね。

ところで、村上さんがフィッツジェラルドと、ジャズ・サックス奏者のスタン・ゲッツを、自らにとって同様に重要な存在として語ってきたことは前にも触れた。ちょうど『文學界』2020年11月号の特集「JAZZ×文学」には、「村上春樹さんにスタン・ゲッツとジャズについて聞く」（聞き手はジャズ評論家・編集者の村井康司氏）というインタビューが載っている。その中でもフィッツジェラルドへの言及があり、村井氏の「フィッツジェラルドの文体というのは、それ以後のアメリカの作家に強い影響を与えているのでしょうか」という質問に、こう答えている。

いや、あまり与えてないと思いますね。フィッツジェラルドは文章が非論理的なんですよ。始まった文章が最後までちゃんと一貫していなくて、あっち行ったりこっち行ったりして、でも何となくきれいに終わる。翻訳していると分かるんだけど、途中で文脈が変わるから、こっちは頭を抱えてしまう。でも、読んでいると美しいし、よく分かる名文なんです。そういうものは人に影響を与えないですよね。ヘミングウェイみたいにスパッ、スパッと短く簡潔で、という文章は圧倒的な影響を与えますけれど。

ヘミングウェイ（1899〜1961年）が引き合いに出されているのは、2人がともに第一次世界大戦後の「ロスト・ジェネレーション」を代表する作家で、互いに親密な交友を結んだからだ。この発言は、文学的な「影響」のあり方を考えるうえで興味深い。これまでにも村上さんは両作家を比較して論じてきたけれど、自身がフィッツジェラルド作品から受けた「影響」は、むしろ明快に認めてきた。ただし、ここでいう影響は、あくまで現代アメリカ文学の中でのことかもしれないし、自身が受けた「翻訳を通しての影響」とは話が違うかもしれない。

また、直接的な影響と間接的な影響とで違いがあるともいえそうだ。このインタビューでいわれているのは文体などが後続の作家に与える直接的な影響だが、村上さんが例えば長編『騎士団長殺し』で舞台や人物の設定を『グレート・ギャッツビー』になぞらえることで示したフィッツジェラルドへの「一種のオマージュ」（2017年のインタビューでの発言）は、あくまで間接的なものということになる。

☆

それにしても、フィッツジェラルドの文章を「読んでいると美しいし、よく分かる名文」と述べるあたりには、村上さんの「耳の良さ」が表れていると感じる。つまり、英文の作品を読む時、むろんほとんど黙読するには違いないが、この人は「声に出して読む言葉」としての英語の音楽的な響きを受け取る能力に優れているという気がするのだ。

こう推測するには、ある意味でファンにはおなじみの逸話があって、村上さんはもともと若い頃から英語の本をよく読んでいたが、会話は苦手だと自分で思っていたのに、初めて米国に行った時、あまり苦もなく自然に英語が話せたらしい。

その件で筆者が思い出すのは、エッセー集『村上朝日堂の逆襲』（1986）の「関西弁について」という一文である。「関西生まれの関西育ち」の作家は大学進学のため東京に出てきたのだが、すると「僕の使う言葉が一週間のうちにほぼ完全に標準語――というか、つまり東京弁ですね――に変わってしまった」と書いている。

筆者自身が大阪生まれで、なおかつ小学校から高校までは東北地方で育ち、それから上京した「異文化」体験を持つだけに、この種の話には特に興味があった。それで記憶に残っているのだが、そのエッセーで村上さんは「言語というのは空気と同じようなものであると思う。その土地に行けばそこの空気があり、その空気にあった言葉というものがあるのであって、なかなかそれにさからうことはできない」と書いたうえで、「外国語の習得というのも、だいたいそれと同じようなものである」として、先の英語にまつわるエピソードを記している。

もちろん、お国なまりや英語力と、音楽の能力や趣味との間に何ら科学的な相関関係はない。「耳の良さ」というのも、あくまで翻訳に関わる文学的な資質についての比喩だが、日本語であれ外国語であれ、文章の美しさを感じ分ける力には少なからず音楽的なものが関わっているように思われる。

話題を戻すと、実はグリシャム作品の中にも、フィッツジェラルドとヘミングウェイの関係がちょっと奇妙な形で出てくる。小説の原題は「Camino Island（カミーノ・アイランド）」。これは独立系書店のある場所の名前だ。本書は米国でベストセラーとなり、グリシャム氏は最近、「Camino Winds」という同じ書店主を主人公とする続編を出版したという。そして、訳者あとがきには、この続編も翻訳されることになっている、との予告がある。刊行時期までは記されていないが、村上さんの翻訳活動が変わらぬペースで続いていくのは間違いなさそうだ。

《November》

韓国人作家が受け取った「新鮮な何か」

イム・キョンソンさんという未知の作家が書いたエッセー『村上春樹のせいで』（渡辺奈緒子訳、季節社）を読んだ。作者は1972年生まれの韓国人。父親が外交官で「大学に入るまでに韓国と外国を全部で七回も行ったり来たりした」経歴を持ち、中でも幼児期から小学校の低学年までは日本で暮らしたため、彼女が「初めて覚えた言葉は日本語だった」という。

原著のタイトルは「どこまでも個人的な」といった意味のようで、確かにそのままでは分かりにくい。ただ、訳題も普通だと、あまりいい目を見なかったというニュアンスに取られかねないが、実際は作者が異文化を横断する人生の転変の中で「村上春樹の文章に慰められ、支えられながら生きてきたという事実」を逆説的に示すものである。原著は2015年の刊行だが、もとになるエッセー（『春樹とノルウェイの森を歩く』、未邦訳）が07年に出ていたらしい。「日本語版のための序文」では、村上さんを「最愛の作家」とさえ表現している。

小学3年で韓国に戻った作者は、初めハングルの読み書きが全くできず、担任の教師は級長の男子の隣に座らせて、面倒を見させた。外国から来た転校生として注目を浴びているうちはよかったが、目新しさが失われると級長は彼女を「『チョッパリ』［日本人をさげすんでいう言葉」と呼んでいじめるようになった」。
村上作品と出会ったのは、「いくつかの国を転々とした」後、日本で高校に通っていた1987年。刊行されたばかりの『ノルウェイの森』だった。89年に韓国の大学に入るが、民主化運動が盛んだった当時、「韓国語もろくに使いこなせなかった大学初年兵の女子学生」は屈折した思いを抱く。やはり大学時代に激しい学生運動を経験した村上さんの小説に、自らが味わってきたものと共通する「気分」や「感情」を読み取っていく。

特に『ダンス・ダンス・ダンス』に出てくる暴力的な部分は、彼が全共闘時代の経験を通して得たものと失ったもの、そして考えたことを間接的に象徴している。作品の底に流れている深い喪失感と虚無感も、当時の暗鬱とした時代背景がもたらした人間関係の喪失によるものだったはずだ。

このあたりを読んでいて、筆者は本書第1章で触れた2006年の国際イベント「春樹をめぐる冒険——世界は村上文学をどう読むか」を思い出した。その中のワークショップで、韓国の日本文学研究者、金春美《キムチュンミ》さんはこう語っていた。

日本に対する抵抗感が強いなか、春樹の作品は、日本文学という国籍を感じさせることなく、広く受け入れられました。その最大の理由は、春樹の、とくに初期作品に感じられる「喪失感」というものが韓国の「三八六世代」といわれる人々の強い共感を得ていることでしょう。三八六世代というのは一九六〇年代に生まれて、八〇年代に学生運動に参加した「90年代当時に30代だった」世代です。日本では韓国の学生運動は成功したと思われているかもしれませんが、彼らは実際には挫折感、あるいは成功した後の虚無感というものに襲われています。

（引用は『世界は村上春樹をどう読むか』）

金さんは、おおよそイムさんの親の世代に当たる女性研究者である。「日本に対する抵抗感が強い」のは、いうまでもなく、日本による植民地支配という「過去の歴史がある」からだ。にもかかわらず、14年前のこの時点で「韓国には村上春樹のファンが何十万人もおり、ファンクラブだけでも何十もあります」という状況になっていた。89年に『ノルウェイの森』が韓国語訳されて以来、全ての村上作品が翻訳され、次々とベストセラーになった。小説だけでなく、『やがて哀しき外国語』『遠い太鼓』といったエッセー集も関心を集めた。

韓国の民主化運動は87年、全斗煥・軍部政権の退陣を決定づけ、93年には金泳三による32年ぶりの文民政権、98年に金大中政権が成立する。イムさんは「三八六世代」の少し下だが、同じ運動の後の喪失感や虚無感の中にいたといえる。「訳者あとがき」で渡辺さんは、「『三八六世代』が学生運動とその後の社会の急速な変容に喪失感を味わった村上春樹に深く共感し、春樹の言葉と自らの体験とを重ね合わせながら日韓の溝を乗り越える熱い読者層になっていった」「今ではその闘争の時代を知らずに育った次の世代、また次の世代の若者たちにまで読者の層は広がり続けている」と、現在に至る事情を解説している。

☆

とはいえ、『村上春樹のせいで』には、作者自身についての記述はむしろ少なく、村上春樹という人物がどのように生まれ育ち、また自らを独自の創作および生活のスタイルを持つ作家としてつくり上げていったかを、村上さんの小説やエッセーの記述を織り込みながら、思いのままにつづっている。事実としては不正確な箇所も散見されるものの、村上さんの初期エッセーその他、日本の読者でもあまり目にしない文献を含めて、実に丹念に日本語の書籍・雑誌、さらには英文の資料まで目配りして書いていることに驚く。作家ゆかりの地や作品の舞台とされる場所にも足を運んでいて、世界的な「ハルキマニア」の存在を実感させられもする。

一方で、出来事の経過が、作者の解釈する村上さんの心理の動きなどと不可分な形で描かれるため、これをそのまま歴史的な資料として扱うわけにはいかないところがある。中には、作者が村上さんに聞く一問一答の体裁で書かれた部分もあり、「仮想インタビュー」と断ってはいるものの、紛らわしいことは否めない。そこにも例えば、韓国の読者をめぐって「筆者」（イムさん）が「一九九〇年代前半は確かにそういう［若者たちが革命への情熱に疲弊した］雰囲気があって、その中で春樹さんの作品は若い読者たちに既存のものには見つけられなかった『新鮮な何か』として受け取られた」と語る、体験に即した興味深い記述はあるのだが。

しかし、そのような主観的な（虚実入り交じった）叙述も含めて、世界的な「村上文学の読まれ方」のスタンダードは、今やこちらにあるという気がした。

おそらく、地球上のさまざまな地域で、さまざまな言語の人々が、それぞれの捉え方で『羊をめぐる冒険』や『ねじまき鳥クロニクル』や『騎士団長殺し』を読み、千差万別の「村上春樹」を心の中でカスタマイズし、あるいは自分だけの「ハルキをめぐる物語」を織り上げている。それはもはや避けようもない現象なのだろう。

自ら『海辺のカフカ』などを訳した金春美さんは先の国際イベントで、「読んで楽しいから、それから心の痛みを癒されるように感じたから翻訳した」と述べ、次のような個人的体験を話した。9年前（今からだと20年以上前）、娘の夫が末期がんの診断を受け、自分はデータを持って東京の病院まで足を運んだが、医師から聞かされたのは既に手遅れとの話だった。

目の前が真っ暗になり、暗澹《あんたん》たる心情で空港に行き、ブックストアで偶然目についた『レキシントンの幽霊』の文庫本を買ったんです。飛行機の中で読み始めて二時間後にソウルに着いたときは、本当にほのぼのと心があたたかくなっておりました。[中略] 私は本当に癒され、慰められたとしみじみ感じました。（前掲『世界は村上春樹をどう読むか』）

☆

2020年10月25日に放送されたラジオ番組「村上RADIO～秋のジャズ大吟醸～」の締めくくりで、村上さんは、ボサノヴァを代表する作曲家、アントニオ・カルロス・ジョビン

（1927〜94年）の「僕ら、ブラジル人のつくる音楽はどうして美しいのだろう？　その理由はひとつ、幸福よりは哀しみの方が美しいものだからだ」（番組ホームページ）という言葉を引いて、こう語った。

1960年代半ば、ブラジルのアーティストたちは時の軍事政権から言論弾圧を受けて、彼［ジョビン］も半ば亡命のような形で長いあいだ祖国を離れなくてはなりませんでした。ソフトで洗練された彼の音楽の中にも、耳を澄ませば、哀しみや郷愁の響きが色濃く聴き取れます。［中略］音楽家やスポーツ選手は政治なんかに首を突っ込まずに、自分の仕事をしっかりしていればいいんだ、という主張をときどき耳にしますが、自分の仕事が万全にできる環境をこしらえるために、またそれを護るために、仕事以外の場所で声を上げなくてはならない場合だってあるはずです。

これは「ソフトで洗練された」スタイルの中に「哀しみや郷愁の響き」を色濃く伝えてくる村上文学の特徴の自解でもあるように聞こえてならない。直接的な弾圧や亡命を強いられたわけではないけれど、この作家が「政治」と決して無縁でなかったことは、『村上春樹のせいで』が示すように海外の読者も鋭く感じ取っていることである。ラジオの話の後半に、「小説家もまた」という言葉がひそめられているのは間違いない。加えて、「学者・研究者もまた」とも聞こえるのは気のせいだろうか。

《December》

莫言作品との共時性とは？

村上春樹さんのラジオ番組「村上ＲＡＤＩＯ」は、２０２０年12月20日に第19回の「マイ・フェイバリットソングズ＆リスナーメッセージに答えます」が放送されたが、すぐさま第20回が「年越しスペシャル」として31日午後11時から1月1日午前1時まで、しかも初の生放送でオンエアされることが決まった。これにはゲストとして、村上さんと親しい山極壽一・前京都大学学長と山中伸弥・京都大学ｉＰＳ細胞研究所所長が登場するという。

それだけではない。２０１９年夏に行われた公開録音「村上ＪＡＭ」が好評だったのを受けて、21年2月14日のバレンタインデーに「村上ＪＡＭオンライン版」を開催することになった。これは「ボサノヴァ・ナイト」として、アントニオ・カルロス・ジョビンへのトリビュートを中心に行われることも、第19回の放送の中で本人から告知された。

20年10月の放送でもカルロス・ジョビンの曲と言葉が取り上げられたが、何といってもサックス奏者のスタン・ゲッツと歌手・ギタリストのジョアン・ジルベルト（１９３１〜２０１９年）による名盤「ゲッツ／ジルベルト」に収められた、「イパネマの娘」をはじめとする名曲で知られる人だ。これらボサノヴァの今や古典的なナンバーでは、ゲッツのテナーもさることながら、カルロス・ジョビン自身の洗練されたピアノの響きに魅了されたファンは多いだけに、ジャズピアニストの大西順子さんや山下洋輔さんらの演奏とともに、村上さんによるどんなこだわりの特集が編まれるのか楽しみだ。

☆

さて、今回は、中国文学者で東京大学名誉教授の藤井省三さんの著書『魯迅と世界文学』（東方書店）について書く。えっ？と変に思う人もいるかもしれないが、ご心配なく。藤井さんは魯迅をはじめとする現代中国文学研究の第一人者だが、同時に村上作品を熱心に読んできた人でもあって、特に中国語圏での村上文学の受容史に関してこの人の右に出る者はいない。今回の本もトルストイから松本清張まで、魯迅に影響を与えた、また魯迅から影響を受けた作家との関わりを世界文学の視野で分析した論文集なのだが、全10章のうち4章で村上作品を論じている。

まず驚くのは、2012年にノーベル文学賞を受賞した中国人作家、莫言さん（1955年生まれ）と村上さんとの意外な接点だ。藤井さんによれば、2人はともにロシアの文豪、トルストイの代表作『アンナ・カレーニナ』を意識した短編を、ほぼ同時期に書いているという。藤井さんは莫言作品を数多く翻訳し、作家本人にインタビューもしている。

くだんの莫言作品は1991年に発表された「花束を抱く女」だ。主人公の人民解放軍海軍中尉は故郷で偶然、謎めいた女性に出会う。このチャイナローズの花束を抱いた女性が履く薄茶色の革靴は、「さながらトルストイの筆が描く貴族の女たちが履いている靴のようだった」と描写される。これは『アンナ・カレーニナ』で、舞踏会に「ばら色の靴」を履いて赴く公爵令嬢をモデルにしていると藤井さんは推定する。後の長編で莫言さんは直接『アンナ・カレーニナ』に言及してもいるという。

一方、89年に書かれた村上作品「眠り」（短編集『TVピープル』所収）の主人公の女性は不眠に陥り、「眠くなるまで本でも読んでみよう」と思う。そこで手に取るのが『アンナ・カレーニナ』だった。女性が高校時代に読んだ記憶をたどる形で冒頭の一節が引用されてもいる。後の短編「かえるくん、東京を救う」（99年。短編集『神の子どもたちはみな踊る』所収）にも『アンナ・カレーニナ』が出てくる。

これが両作家によるトルストイへの敬意という話にとどまらないのは、89年6月4日の天安門事件という中国現代史の一大転換点に関わってくるからだ。「花束を抱く女」の女性は「微笑みながら」主人公を追いかけ、実家まで入ってくる。「目覚まし時計の娘」と呼ばれる主人公の婚約者がやって来て、これに怒り、「結納の品と思しき時計一〇個」を回収して帰る。その内訳が6個のクオーツと4個の目覚まし時計となっている点に、藤井さんは注目する。まさに事件の日「6・4」を指している。

莫言さんの場合、事件後約2年間の「事実上の発表禁止」を経て「文壇復活」を遂げたのがこの作品である。そして村上さんの「眠り」も、「小説を書こうという気持ちがまったく湧いてこなかった」（『村上春樹全作品　1979〜1989』第8巻の「自作を語る」）という約1年の空白期間の後に書かれた再起動の作品だった。

藤井さんは、「眠り」の執筆から雑誌発表までの約半年の間に天安門事件が起きていたこと、事件に関する当時の村上さんの文章などを時系列的に詳細に跡づけている。さらに、これが「花束を抱く女」と全く違う作風でありながら、同様に「現実世界を脅かすぶきみな力を象徴的に凝縮」した小説だと（文芸評論家の菅野昭正さんの莫言作品評を参照しつつ）指摘したうえで、こう書いている。

天安門事件前後に、村上春樹と莫言とが共に『アンナ・カレーニナ』を手掛かりとして、それぞれ現実世界への復帰を目指し創作していたことは、現代東アジア文学の密接な共時性を物語るものと言えよう。

☆

村上文学に藤井さんが強くひかれる前提には、初期作品から中国へのこだわりが鮮明だったことがある。前述の通り、作家は日中戦争に従軍した父親から、幼い頃に苛酷な体験の一部を聞かされて育った。藤井さんは村上作品の中に、「藤野先生」などの魯迅文学からの影響を読み取り、早い時期から論じてきた。『村上春樹のなかの中国』（２００７）をはじめとする多くの著作で世に問うていたことが、最近の本人の発言によって裏付けられてきたような形だ。

また、村上作品は中国語圏で人気が高く、新作は直ちに翻訳されベストセラーになるなど、膨大な読者が存在している。中国語圏の若い世代には、村上文学に影響を受けた「村上チルドレン」と呼ばれる作家がいるし、日本文学の研究者で村上作品の世界をテーマに選ぶ人たちも多数出てきており、中には日本に留学して藤井さんの指導を受ける人もいる。この本でも1990年代末以降に現れた「村上チルドレン」の作品が、それが生み出された中国の経済発展の過程とともに紹介されている。

ここでは村上さんの短編「レキシントンの幽霊」を論じた第九章に触れてみたい。この作品は初め『群像』に短いバージョンが掲載され、短編集『レキシントンの幽霊』（1996）に（つまり表題作として）長いバージョンが収録された。執筆前、作家は長く米国に滞在したが、作中の「僕」が東部ニューイングランドの町、レキシントンの古い屋敷に住む知り合いから1週間ほどの留守番を頼まれるという話だ。藤井さんは長短のバージョンを比較し、この小説が南米コロンビアの作家、ガルシア・マルケス（1928〜2014年）に対するリスペクトの意味を持っていたという鋭い解釈を示した。

いっそう興味深いのは、作中に出てくる三つの地名、「レキシントン」「ウェスト・ヴァージニア」「ニューポート」を藤井さんが、いずれも「日米戦争の記憶を喚起する名称」だと指摘していることである。レキシントンは「太平洋戦争で活躍したアメリカ海軍航空母艦の名前」で、これは「日本海軍が撃沈した最大のアメリカ空母」でもあるという。「ウェスト・ヴァージニアも戦艦名」で、こちらは「日本海軍による真珠湾攻撃により大破」した。ニューポートという地名は各地にあるが、作中の地はロードアイランド州と見られ、ここには「海軍訓練施設があるほか、一八五三年に黒船を率いて日本に開国を迫ったマシュー・ペリー提督の出身地でもある」。

そもそも村上さんが渡米した1991年は、1月に湾岸戦争が始まり、12月に太平洋戦争開戦50年を迎えるという「一般的な反日感情が加速度的に高まっていった」（『村上春樹全作品 1990〜2000』第4巻の著者解題）時期に当たった。「準戦時体制」にある米国の人々の「高揚感」とともに、「湾岸戦争に対する日本政府の対応が後手後手にまわり、しかもその内容がきわめて不鮮明であることについての反感」を、作家は直接身に受けざるを得なかった。この時米国で書かれた長編が大作『ねじまき鳥クロニクル』であり、短編「レキシントンの幽霊」は長編の完結後に執筆された。

藤井さんは村上さんがこの作品に込めた思いを、「太平洋戦争から九一年のアンチ・ジャパン現象に至る日米関係史により惹起されたアメリカに対する違和感」と記している。それは「太平洋戦争後も続くベトナムから湾岸までのアメリカの対アジア戦争」に無反省・無関心でいる人々への批判だったかもしれない、とも述べ、このことが翻って日中戦争の忘却、社会への無関心に陥った日本人自身に対する批判にもつながることを示唆している。同じ批判が、例えば今の香港で進む弾圧への無関心にも向かい得ることは、作家の過去の発言から明らかだろう。

また、『ねじまき鳥クロニクル』はこの作家が日本の戦争の歴史に大きく踏み込んだ作品として知られるが、「レキシントンの幽霊」にも同じ「デタッチメント（関わりのなさ）からコミットメント（関わり）へ」の意識の転換が刻まれているというのが藤井さんの読み解きである。

☆

ところで、前述の12月20日のラジオ番組で村上さんは、生放送で行う「年越しスペシャル」について、こう話していた。

生放送ってこれが初めてです。やはり緊張しますよね。緊張して何か変なことを口走らないといいですけどね。

そういえば、ゲストの山極さんは話題の（？）日本学術会議前会長だ。首相が学術会議の新会員候補のうち6人を任命拒否した問題について、この作家なら一家言もっているに違いない。ひょっとして「変なことを口走る」とは、この問題で何か発言したいという伏線なのでは……と、これは根拠のない勝手な思い込みだが、いずれにしても聴き逃せないのは確かである。

Chapter6
2021年１～３月

学術会議問題、他者の生への共感

1月6日　米連邦議会にトランプ氏支持者が乱入▼8日　首都圏1都3県に2回目の緊急事態宣言（13日、11都府県に拡大）▼20日（日本時間21日）　バイデン氏が米大統領就任▼2月1日　ミャンマーで国軍クーデター▼12日　女性蔑視発言で東京五輪・パラリンピック組織委の森喜朗会長が辞任表明（18日、後任に橋本聖子五輪担当相）▼17日　医療従事者対象に新型コロナワクチンの先行接種開始▼3月21日　1都3県の緊急事態宣言解除

《January》

なぜ「焚書坑儒」を語ったのか

前章の最後で予想した通り、ラジオ番組「村上ＲＡＤＩＯ」の「年越しスペシャル〜牛坂21〜」で、村上春樹さんは、ゲストに迎えた前京大学長で日本学術会議前会長の山極壽一さん（霊長類学者）を相手に、２０２０年の学術会議問題について発言した。この生放送を聴いた人はたぶんみんな、大みそかの午後11時から——ＮＨＫ紅白歌合戦を途中で切り上げ——元日午前1時近くまでラジオにかじり付いただけのことはあった、と感じたのではないか。ちなみに、村上さんは丑《うし》年生まれの年男。番組名の「牛坂21」は21年が丑年だからで、深い意味はないそうだ。

山極さんが登場したのは、新年明けてからの番組後半。１９５２年生まれで村上さんより3歳下だが、まずは同世代といっていい2人は以前から親しい関係にある。山極さんはゴリラ研究の第一人者だけに、初めはゴリラの生態などに関する穏やかな（?）話題から入った。

やがて群れのリーダーについて、サルが「強さ」を示して力関係で統率するのに対し、ゴリラは「人格（?）」でまとめるという違いが披露され、村上さんは「日本の政治家はゴリラの世界ではリーダーになれそうにない気がする」と述べた。その後、おもむろに「学術会議を政府はなんであんなに煙たがるんですかね？」と核心の問題に切り込んだ。

ここで、日本学術会議をめぐる問題の経緯を簡単におさらいしておこう。

菅義偉政権の発足から2週間もたたない2020年9月28日夜、10月1日付で学術会議の新会員に任命される学者らの名簿が、内閣府から学術会議事務局に送られた。会員210人からなる学術会議は3年に1回、半数の105人を改選し、首相が任命する。今回は2月から学術会議が手続きを踏んで選んだ候補者105人を8月末に推薦していたが、届いた名簿には99人の名前しかなかった。

任命を拒否された6人は、安倍晋三前政権が重要法案とした安全保障法制などを批判していたことから、官邸による学問への人事介入として抗議の声が広がった。背景には政権が進めようとする軍事研究に対し、慎重な姿勢を取る学術会議への自民党内からの批判があったとも見られている。学術会議は17年、防衛装備庁が新設した安全保障に関わる研究への助成制度について「政府の介入が著しい」と指摘する声明を出した。

問題発覚後、菅首相は6人の法案批判と「任命は無関係」としながら、拒否した理由に関しては「総合的、俯瞰的な活動を確保する観点から判断した」などと述べるだけで、具体的な説明を避け続けた。政府・自民党内では、学術会議を行政改革の対象として見直すという、問題の意図的なすり替えとしか思えない論議が起こった一方、菅首相は10月下旬の就任後初の所信表明演説で任命拒否の件には一切触れず、その後の国会審議でも「人事に関することで、答弁は差し控える」と木で鼻をくくったような発言を繰り返した。所属大学など会員構成の「多様性が大事」などとも述べたが、拒否した6人との整合性はなく、いかにも後付けの理屈で、説得力は全くなかった。

そこで、村上さんの「学術会議を政府はなんであんなに煙たがるのか」という質問になる。番組で山極さんは、任命拒否を知った時「腰を抜かすほどびっくり」して、菅首相に理由を聞いたが、「理由は言えない」との答えだったという経緯を話した。首相の対応を村上さんは「変わってますよね」と評し、それを受けて山極さんは述べた。

問答無用だというわけです。これが民主主義国家かと思いましたよ。それはさっき言ったサルの政治になっている。［中略］もう少しゴリラを見習えば、もっと平和な政治になると言いたい。

音楽番組の中でのトークであり、ユーモアを交えてはいるが、山極さんの語調は険しいものを含んでいた。やり取りはこう続いた（適宜省略して一部を記す。なお、筆者が放送の録音から起こしたもので、番組ホームページに掲載されている公式記録とは言い回しに若干の相違がある）。

村上さん　政府は、学術会議の提言なんて聞き流せばいいじゃないですか。

山極さん　そう。政治家と学者の役割は違う。学者はきちんと自分の専門領域にしたがって提言を出す。政治家はそれを聞いて、政治に生かすか、生かさないかは彼らの判断次第なんです。学者なんて恐るるに足らんのだから。

村上さん　古来、多くの為政者は気に入らない意見を言う人をいじめていますよね。スターリン、ヒトラー、秦の始皇帝……。

山極さん　独裁者でしょ。やはり今の民主主義はいい政治システムなんです。だから、守らなくちゃいけない。

村上さん　秦の始皇帝は焚書坑儒《ふんしょこうじゅ》というのをやりました。書物を焼き、土に学者を埋めてしまう。

山極さん　あった（笑）。作家もたぶん……。

村上さん　埋められちゃいますね。でも、周りにイエスマンばかり置くと政治って腐敗するんじゃないですか。

山極さん　マイナーな意見とか反対の意見を聞きながら、それこそ菅首相が言うように、総合的、俯瞰的に判断する必要があると思うね。

両者とも笑いや皮肉を込めながら、言いたいことははっきり口にしていた。特に村上さんは「焚書坑儒」という表現で、今回の学術会議をめぐる問題は明白な言論弾圧だという見方を示し、反対意見に耳を傾けない政治は腐敗すると指摘した。

☆

番組の前半では、京大iPS細胞研究所所長でノーベル医学生理学賞受賞者の山中伸弥さんをゲストに対談した。2人はランニング仲間で、一緒にマラソン大会に参加するほどの仲である。山中さんは1962年生まれだから、村上さんより10歳以上年少になる。こちらは当然ながら新型コロナウイルスの感染拡大が大きな話題となったが、筆者が興味深く感じたのは村上さんの次のような発言である。

コロナは突発的な疫病なんですけど、グローバル化、気候の温暖化、SNSの普及、ポピュリズムの台頭、貧富の差の拡大という世界の全体的な潮流の一部みたいな気がしてならないんです。

山中さんはこう応じた。

確かに今、アメリカとかヨーロッパで自国ファーストとか、以前とは違う考え方が広がりつつあります。そんな中で襲ってきたコロナ禍ですから、人類が試されているというか、これまでの人間のあり方とか社会のあり方がこのままでいいのかということを、私たち全員が今、考えさせられている。

また、村上さんは、国民が腹を据えて感染防止対策を取るには政治家が明確なメッセージを発しないと難しいが、「そういう言葉を使える政治家は、今どうも見当たらない」と述べたうえで、こう語った。

自分の言葉を持たないと政治家にはなれないと僕は思う。自分自身の言葉を持たない政治家というのは、ブルースコードが弾けないエリック・クラプトン［英ミュージシャン。ギターの名手として知られる］みたいなもので、ちょっとよく分からない喩えですけど（笑）。腹を割ってきちんと話せる政治家が出てきてほしいですね。そうしないと人の心はなかなか落ち着かないと思う。

この点、山中さんも「強いリーダーシップで、ぶれずに、という姿勢が求められている」と繰り返し話していた。少なくとも村上さんの念頭には明らかに、「自分の言葉で語らない」と批判を受けている菅首相の政治姿勢があっただろう。

日本学術会議の問題やコロナ対応をめぐっては、雑誌『週刊ダイヤモンド』（2021年1月16日号）のインタビューでも作家自身の考えを知ることができた。放送前の20年12月18日に取材を受けたようだが、村上さんは学術会議について聞かれ、学者や芸術家は「どちらかという と浮世離れしていなければならない」とし、そうした人々の意見が「世の中にとっても大事」

なのは「政治家のような人が発する、世の中の『ある種の総体としての意見』を崩す」からだと答えている。そして、学者や芸術家の意見を排除すると「世の中から、柔軟性が失われていく」といい、このように語った。

理屈ばかりでものを考えていくと、物事はうまくいかないのですよ。［中略］学術会議が総体の意見とは異なる何らかの問題があっても、むしろ問題があるからこそ大事にしなければいけません。

さらに、次のような発言は、放送で山中さんを相手に述べた趣旨と共通している。

コロナというのは、突発的な個別の事象ではないと僕は思っています。世界を変えていくさまざまな要因の一つなのだと思っているのです。

「コロナ禍であらわになったこととして」まず一つ大きいのは、政治の質が問われているということです。コロナのような事態は初めてのことですから、政治家が何をやっても、間違ったり、展望を見誤ったりすることは避けられません。そういう失敗を、各国の政治家がどのように処理したかを見比べたら、日本の政治家が最悪だったと思います。

そして、どこが最悪なのか、という問いに「自分の言葉で語ることができなかった」と答え、先の戦争でのルーズベルト米大統領の「炉辺談話」やチャーチル英首相のラジオ演説、さらにジョン・F・ケネディ、田中角栄らの名前を挙げつつ話した。

こういう人たちと比べると、多くの日本の政治家はどう見ても、自分の言葉で語ることが下手です。今の総理大臣だって、紙に書いたことを読んでいるだけではないでしょうか？

残念ながら、大みそかの放送で山中さんが期待した「日本全体で心を一つにして頑張る」ために必要な「強いリーダーシップ」は十分に働かず、感染は年明け後も拡大し続けている。1月18日に開会した通常国会の首相施政方針演説でも、国民の心に届く言葉は聞かれずじまいだった。

村上さんの憂慮する、政治家が「自分の言葉を持たない」ことと、日本学術会議の問題で露呈した学問軽視の姿勢は、同じ根に発する話と思われてならない。

《February》

コロナ禍の人々にボサノヴァで癒やし

ラジオ番組「村上RADIO」の関連イベントとして、村上春樹さんがプロデュースする「村上JAM～いけないボサノヴァ～」が2021年2月14日午後、東京都千代田区のTOKYO FMホールで開催された。「村上JAM」と銘打つ催しは19年6月にも行われ本書の第1章で紹介したが、TOKYO FM開局50周年記念で企画された今回は新型コロナウイルス感染拡大による緊急事態宣言下のため、会場の観客を定員の半分の約100人に制限。当日の模様は同日夜から1週間、有料でオンライン配信もされた。

前節で触れたように、「村上RADIO」の年越し生放送特番では村上さんとゲストの「政治的発言」も話題になった。それだけに今回のイベントでも「どんな話が飛び出すか」と注目されたが、結論をいうと、さほど「過激な」コメントはなかった。もっとも、これは見るほうの勝手な期待で、本人はごく自然体でいるのだろう。

それでも開演直後、一緒に司会を務めたミュージシャンの坂本美雨さんとのトークでは「こういう、いろいろ緊張する時代ですけど、少しでもリラックスして楽しんでいただければと思います」とコロナ禍の状況に言及した。また、2部構成のステージの第2部冒頭では、「僕は外国にいることが多いんだけど、［今は］全然外国に行っていなくて、日本でずっと仕事をしていますと語った。「［そのために］インスピレーションが生まれないとか、もやもやすることは？」と創作への影響を坂本さんから聞かれると、「特にないですね。普通に生きているね」と答え、こう続けて笑いを誘った。

この間、［自宅の］近所をジョギングしていたらイノシシに会いました。大型犬がいるのかなと思って、よく見たらイノシシなんです。イノシシって時速70キロで走るんですよね。僕はとても70キロ出ないから、ちょっと隠れてやり過ごした。日本もけっこう最近ワイルドですね。

村上さんが毎日ジョギングを欠かさず、今も毎年フルマラソンを走っていることはよく知られている。

☆

さて、前述の通り、このイベントは、ボサノヴァの代表的なブラジル人作曲家、アントニオ・カルロス・ジョビンへのトリビュートが大きなテーマだった。ジョビンは「イパネマの娘」「デサフィナード」「コルコバード」といったボサノヴァの古典的な名曲を手がけたことで知られる。村上さんとボサノヴァの組み合わせは意外に思われるかもしれないが、作家としてデビューした1970年代末当時にジャズ喫茶をやっていた人だけに、関わりは古く、思い入れにも並々ならぬものがある。

　トークでその点を問われると、「最初に聴いたのは64年ぐらいだったかな、『イパネマの娘』がはやった時、僕は高校生だった。これはすごいと思って、それ以来ずっとしびれっぱなしになっています」と話した。

　第1部で「コルコバード」「シェガ・ジ・サウダージ」などジョビン作の4曲を歌った小野リサさんとの対話でも、「『イパネマの娘』や『コルコバード』は嫌というほど聴いたんだけど、不思議に飽きない。リズムとハーモニーが特殊で魅力的なんだと思う」「サンバのリズムがシンメトリカル［対称的］なのに対して、ボサノヴァは非対称的。だからノリが違うんですよね」などと作家は熱く語った。

　ブラジル生まれの小野さんが、音楽監督・ピアニストの大西順子さんをはじめとする村上JAMボサノヴァバンドと共演したステージの後には、「すてきな演奏でした。ポルトガル語って本当にボサノヴァに合っていますよね。ポルトガル語のほわっとした雰囲気とリズムがすごく合っている気がします」とも述べた。

　第2部にはギタリストの村治佳織さんが登場し、演奏を1曲披露した後、村上さんが村治さんの伴奏付きで「1963年と1982年のイパネマ娘」を朗読した。これは初期の作品集『カンガルー日和』（1983）に収録された掌編ともいえる短い作品で、作家は「アントニオ・

カルロス・ジョビンへのオマージュみたいな話」と自ら紹介した。本ではタイトルが「1963／1982年のイパネマ娘」となっているが、この日は少し短縮したバージョンを読んだ。村治さんの伴奏も「イパネマの娘」を初めと終わりに配した、しゃれた構成だった。

ところで、いま「短編小説」という語を避けたのは、『カンガルー日和』という作品集について村上さんがかつて「僕は書いた当時、これらの作品を小説とは見なしていなかったし、今でも見なしていない」と書いていたからだ。「短編小説で掬いきれないものを掬う」「短編近似作品」とも呼び、実際、そこではさまざまな実験が試みられていた（『村上春樹全作品　1979～1989』第5巻の「自作を語る」）。

「1963／1982年のイパネマ娘」に関しては、「ある種の概念をつきつめて書いた作品」で、「ここには具象性というものは皆無である」と記していた。ちなみに1963年は「イパネマの娘」が米国でレコーディングされた年、82年はこの村上作品が書かれた年だ。イパネマはリオデジャネイロの海岸名である。興味を持たれた読者には一読をお勧めするが、冒頭には「イパネマの娘」の歌詞の訳が置かれ、20年近くの時を超えて熱い砂浜を歩き続ける「形而上学的な女の子」が登場する、不思議な味わいの作品だ。

一方、この作品集について作家は「方法的な有益性とは別に、僕は個人的にこれらの作品のいくつかに対して、小説に対するのとはちょっと違う種類の愛着を抱いている」とも書き、「1963／1982年のイパネマ娘」に関しては「［米作家・詩人］リチャード・ブローティガンにとっての『アメリカの鱒釣り』と同じような位置にある」とさえ記している。『アメリカの鱒釣り』（1967、邦訳1975・藤本和子訳）はブローティガンの代表作であり、その独特な文体と幻想性は村上さんをはじめとする日本の作家にも影響を与えたことで知られる。「愛着」の対象に「1963／1982年のイパネマ娘」が含まれることは間違いないだろう。

☆

朗読の前に、村上さんはもう一つ、ジョビンにまつわるエピソードを話した。

米歌手、アンディ・ウィリアムス（1927〜2012年）の音楽番組「アンディ・ウィリアムス・ショー」が1960年代にNHKで毎週放映されていたのを高校生の頃、見ていたが、ある日、ジョビンがゲストで出て歌った。ジョビンはギターを弾き、ウィリアムスとデュエットもして「本当に素晴らしい音楽だった」のに、ジョビンの手前にいた「ビジネススーツを着た」2人の男がその間、ずっとしゃべっているのが映っていた。

村上少年は「お前ら、ジョビン様が歌っている時に話すか、と頭にきた」ので、それが記憶に残ったという。最近、衛星放送で「アンディ・ウィリアムス・ショー」の特集が放映されたのを見ると、ジョビンの出演シーンが出てきた。

そうしたら、やっぱり2人のビジネスマンがしゃべっていたので、また頭にきた（笑）。あまり朗読と関係ないんですけど。

最後のスペシャルゲストは、ピアニストの山下洋輔さん。山下さんは晩年のジョビンと米国での記者会見で同席した際のエピソードを語った。ジャズからの影響を尋ねる記者の質問に、「いいえ、私はジャズは知りません」と、ジョビンが「誰が聞いても変な答え」を返すのを目撃したという。その山下さんの伴奏で坂本さんが「デサフィナード」を歌い、山下さんと村上JAMボサノヴァバンドのセッションで、これもジョビン作曲の「ソ・ダンソ・サンバ」を演奏した。

トークの最後で「ボサノヴァの優しさ、テンダーネスの感じがすごく伝わってくる。このリズムってなんか癒やされるんですよね」と感想を述べた村上さんは、米作家、カート・ヴォネガット（1922～2007年）の小説中の言葉「愛は消えても、親切は残る」について、こう話した。

「この言葉が」僕は好きで、この前、ラジオ番組で紹介したら、倦怠期を迎えた夫婦の方々からたくさんメールをいただきました。すごく気持ちがよく分かるということで（笑）。

坂本さんが「コロナの影響で差別や偏見などの問題が表面に出てきています。その中で愛と親切は大切ですね」と語りかけると、「僕は音楽とはそういうものだと思う。人を癒やして、親切心をかき立ててくれるのがいい音楽じゃないかなと思いますね」と応じた。

最後のアンコールが豪華メンバー全員による「イパネマの娘」演奏だったように、イベントは全体として村上さんのボサノヴァへの愛着を強く反映していた。ジョークをふんだんに盛り込んだトークも観客（そしてオンライン視聴者）を楽しませ、音楽とユーモアの力によって、とかく沈滞し、閉塞感に陥りがちな心を温めることに専念した場だったように思う。

ところで、「1963／1982年のイパネマ娘」は、次の一文で閉じられる。

レコードの最後の一枚が擦り切れるまで、彼女は休むことなく歩きつづける。

たぶん、さらに40年近くたった2021年の今も、作家の内部で、また多くの人々の中でイパネマ娘はビーチを歩き続けている。それは「形而上学的な」存在だから可能なのだが、逆説的ながら、そういう具象性を欠いたものこそが現実（形而下）の物事に深く影響することはあるのだろう。これが音楽の力であり、文学の力である——村上さんの信念の、少なくとも一つはここにある。

《March》

中国での読まれ方の変遷

村上文学において中国が重要な意味を持つこと、村上作品が中国語圏で多くの読者を得ていることはよく知られている。本書でもエッセー『猫を棄てる』などに触れて、村上春樹さんと中国の関係を書いてきた。では、中国の読者は彼の作品をどのように読んでいるのだろうか。

これに関しては、筆者も何人かの熱心な中国人の村上文学研究者から直接話を聞いたことがあるし、文章もしばしば目にしてきた。近年は村上作品をテーマに論文を書く人が学生を含め増えていると聞くから、中国語の文献は膨大な数に上るに違いない。面識を得た人たちの印象は、ひと言でいうと皆、多かれ少なかれ「村上ファン」である。研究対象に選ぶくらいだから、これは当然かもしれない。

「中国における村上文学」に関して、中国文学者、藤井省三さんの『中国語圏文学史』（2011）で基本的な事実を押さえておくと、最初に翻訳されたのは1985年、台湾の翻訳家、頼明珠さんによる短編小説の紹介にさかのぼる。「これは村上文学の世界最初の翻訳」でもあった。続いて、日本でベストセラーになった長編『ノルウェイの森』（1987）の翻訳が、台湾と香港、中国で、海賊版も含めて計6種類も刊行され、村上ブームが起こる。

90年代に入って著作権法が整備されてからは、台湾では頼さん、中国では大学教授の林少華さんという「二大翻訳家による〝競訳〟体制が確立した」。これは台湾では漢字の繁体字、中国では簡体字が常用され、中国語版権は「別個に与えられるのが一般的」なためだという。

さらに、藤井さんが2012年に「毎日新聞」に寄稿したエッセー（8月23日夕刊）によれば、長編『1Q84』（2009〜10）の簡体字版の版権を従来と異なる版元が取得したことから、訳者も林さんから日本文学者の施小煒さんに変わった。頼さんの「潔癖なまでの直訳体」に対し、林さんは「大胆な意訳による華麗な文体」で知られたが、施さんの訳も「頼訳ほどには直訳にこだわらない独自の翻訳で、新しい村上ファンを開拓しつつある」ということだった。

☆

今回、この話題を取り上げたのは、中国人の比較文学研究者、孫軍悦さんが出版した『現代中国と日本文学の翻訳』（青弓社）を読んだからである。2010年に東大に提出された博士論文をもとにした重厚な著作で、「テクストと社会の相互形成史」の副題を持つ。3部構成の本の第3部が『ノルウェイの森』の中国語訳をめぐる分析に割かれている。

これが面白いのは、いかにも村上ファンという感じでなく、非常に客観的に、中国における「村上春樹現象」を論じていること、それも、1949年の中華人民共和国建国以降の歴史を踏まえ、他の作品を含む日本文学の翻訳全体の流れの中に位置づけていることだ。

例えば、井上靖の小説『天平の甍』（1957、中国語訳1963）を取り上げた第1部。それまで日中双方でほとんど知られていなかった同作の主人公、鑑真の物語が、日中国交正常化（72年）へ向けた両国間の「『二千年余』の友好的な文化交流の歴史を宣伝する格好の素材」となったプロセスが明らかにされている。ここでは小説のテキストの翻訳についての詳細な検討だけでなく、劇団・前進座による舞台に関しても、63年の初演（「鑑真円寂千二百年記念行事の一環」だった）から、国交回復後の74年の再演に至るまでの脚本・演出の変化を探っている。

第2部では、改革・開放後の中国で人気を集めた日本などの外国推理小説が対象になった。こちらは松本清張『点と線』などの小説に加え、西村寿行原作の「君よ憤怒の河を渉れ」など映画化作品の削除・編集を併せた幅広い「翻訳」の問題が扱われ、そこに映し出された70年代末～80年代の中国の政治・社会状況に迫っている。

そして、第3部の村上作品翻訳の話に入る。孫さんによると、中国での最初の紹介は86年、頼さん訳作品が季刊誌『日本文学』に転載されたことである。これは「純文学が危機に陥り、外国通俗文学の翻訳ブームが巻き起こった時期」に当たった。さらに89年、林さん訳の『ノルウェイの森』が刊行される。

興味深いのは、この最初の中国語版『ノルウェイの森』の表紙に「和服を脱ぎかけた若い女性の後ろ姿を映した写真」があしらわれ、「明らかに『売れる通俗小説』というコンセプトで出版された」事実だ。その後、鄧小平の南巡講話（92年）を経て「市場経済における文学生産システムの根本的な転換」が進み、96年に改版された同作は表紙が抽象画に変わり、さらに98

年の再版時には装丁がいっそう趣向を凝らしたデザインになった。孫さんは、同作中国語版の位置づけが90年代末に「『高尚なベストセラー』へと移り変わった」とする。

「世界最大の村上翻訳家」（藤井省三編『東アジアが読む村上春樹』２００９、序文）と呼ばれる林訳の特徴にも、孫さんは詳しく分析を加えている。『ノルウェイの森』は60年代末の日本の大学紛争を背景として、２人の女性の間で揺れる男子学生の恋愛感情を軸に、若者らが抱く喪失感や孤独を描いた作品だ。しかし、中国語訳において『六〇年代』は『疲労困憊した都市生活者』の『緊張をほぐし、郷愁を発散させる』『桃源郷』として再構築された」と孫さんは論じている。そうした文脈を構成するうえで機能したとされる「誤訳」の例示も新鮮だった。

☆

もとより、翻訳とは国家や言語共同体にとって、ある種の事業であり、明治期日本の例を挙げるまでもなく、政治性を伴わざるを得ない。つまり、どの言語から、いかなる種類の文献を翻訳するのかという選択は高度に政治的であり、その社会を取り巻く歴史的状況の制約を受ける。この点で、終章での孫さんの考察はさまざまな問いを日本の読者に投げかける。

簡略にまとめると、中国で80年代に「翻訳の全盛期」が到来したのは、文化大革命（66〜76年）期に文学や学問が「ブルジョア的」として批判され、多くの知識人が迫害されたことに対する反発の結果だった。「『階級闘争』の名のもとで起きた凄惨な暴力に対する人々の怒り」により、各分野で起こった「脱階級化」などの現象を、孫さんは注意深く論じている。「文化大革命そのもの、あるいは四九年以降の社会主義実践全体に関する検証がはたして十分におこなわれたかというと、疑問の余地があるといわざるをえない」と言及した点も見逃せない。

また、経済発展が進み、90年代半ばになると、上海などで「未来の『中産階級』が読者として発見され」、「『価値観が安定した、理想主義あるいはロマンチックな』『ベストセラー』を生産するシステムが確立した」。これが『ノルウェイの森』の表紙の変遷に見られたような出版市場の転換の背景である。

一方、孫さんは「日本では、中国での文学と政治の関係がやや単純化されている」として、こうも指摘する。

政治に従属してプロパガンダになるか、政治に抵抗して出版禁止になるか、あたかも文学の運命がこの二つしかないかのように考えられがちだ。

確かに最近の香港などの状況に関する報道を見ても、日本人はそうした単純な批判や悲観論を抱きやすいといえる。その意味で、翻訳を通じた「他者の生に対する共感と真摯な思考が、自らの現実、政治、社会、人間への認識を深め」るとの、孫さんの言葉は重く響く。

ここで筆者は、かつて林さんが前掲の『東アジアが読む村上春樹』に寄せた文章の一節を思い出す。村上作品が日本の侵略戦争をしばしば描いてきたことに触れ、林さんは記していた。

自省から生まれるあの暗黒の歴史に対する反省の心、暴力と「悪」に対して繰り返される問い質しは、村上文学の魂が宿るところと言えよう。それは村上春樹という日本人、この日本の知識人に備わった、最も東アジア人が感服する美しい品性を表している。

『現代中国と日本文学の翻訳』の第3部では、2003年以降、長編『海辺のカフカ』『アフターダーク』の中国語訳刊行後に現れた「村上春樹への評価」の変化がこう記されている。

村上は、第二次世界大戦の戦争責任を清算しない日本を批判し、日本の将来を憂慮する「良心的な知識人」として語られ、村上の中国に対する「好感」と東アジア共同体への期待がことさら強調されるようになった。

冷静な筆致だが、これが中国語圏での村上ブームの基底にあるのは確かだろう。20年7月のインタビューで、『猫を棄てる』執筆の動機について村上さんは、父親がかつて召集された戦争、特に日本による中国侵略に関わることだからかという筆者の質問に、「それはすごく大きい。そういうことがなかったことにしたいという人たちがいっぱいいるから、あったということはきちんと書いておかないといけない。歴史の作りかえみたいなことが行われているから、それはまずい」と明言した。何度も立ち戻るべき「他者の生に対する共感と真摯な思考」の例が、ここにあると思う。

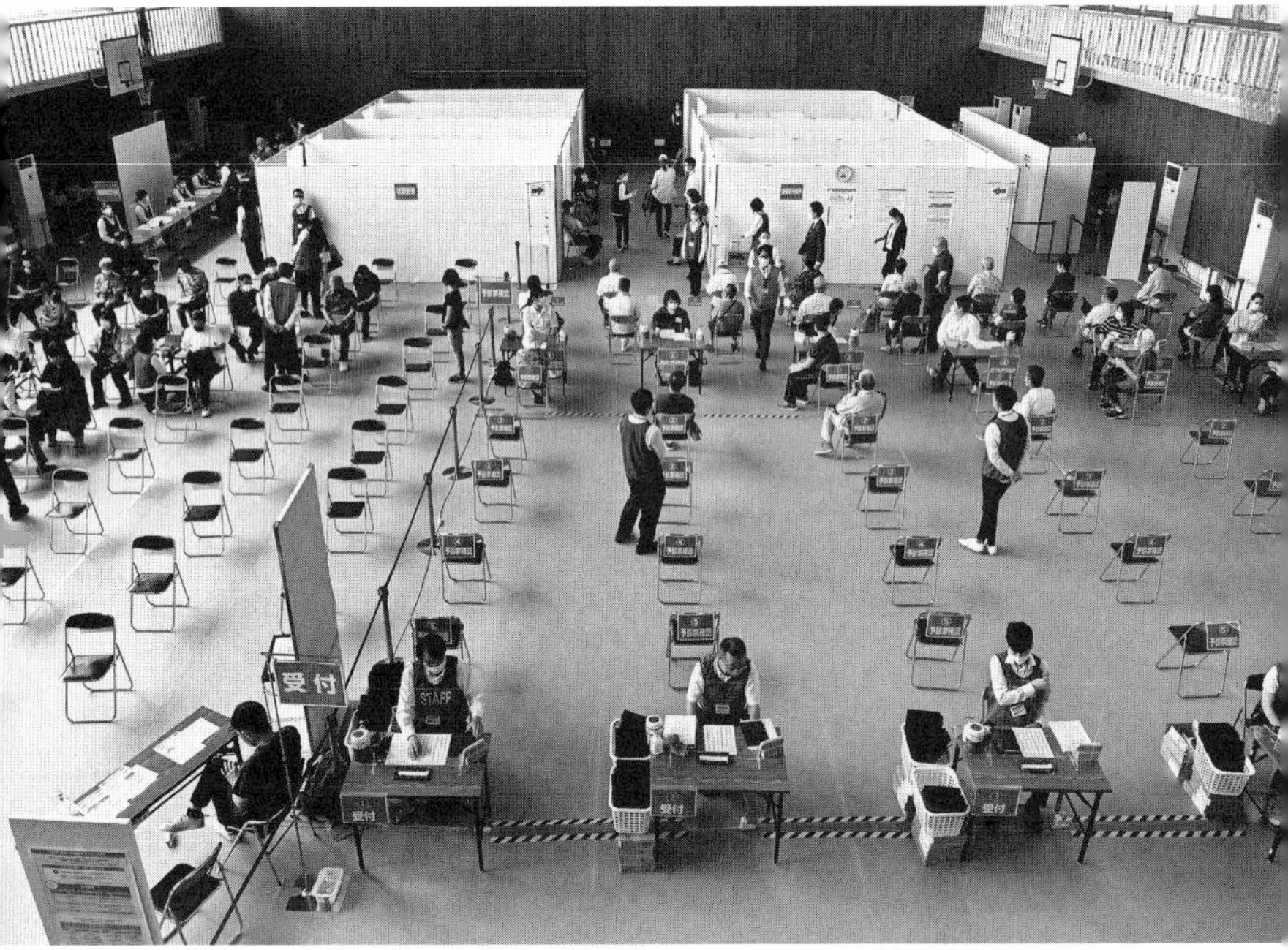
受付
STAFF
受付
受付
受付

Chapter7
2021年４～６月

警句的表現、「本当」と「演技」の境目

4月12日　新型コロナワクチン、高齢者への接種開始▼25日　4都府県に3回目の緊急事態宣言（のち10都道府県に拡大。6月20日、沖縄県を除き解除）▼5月10日　イスラエル軍がガザ地区空爆。ハマスのロケット弾攻撃への報復（20日、停戦合意）▼6月4日　東北新社などによる一連の接待問題で総務省が職員32人処分▼13日　G7サミット、中国に人権尊重を求める首脳宣言採択▼24日　民主派の香港紙「蘋果（りんご）日報」廃刊

《April》

「村上春樹ライブラリー」を訪ねて

2021年4月1日、村上春樹さんは母校である早稲田大学（東京都新宿区）の入学式に登場した。新型コロナウイルス感染防止のため、新入生のみが2～3学部ずつに分かれて行われた入学式のうち、村上さんは自身が卒業した文学部（当時は第一文学部）・文化構想学部の入学式で祝辞を述べ、また早大芸術功労者として表彰を受けた。都内の多くの大学と同様、早大も前年2020年は入学式を中止したため、21年4月3日には20年度入学生の対面による入学式も1年遅れで実施された。

当日、筆者は直接取材できなかったが、祝辞の内容は早大のウェブサイトで知ることができた（以下の引用は21年4月上旬に閲覧した時点のもの）。村上さんは最初に、「まだまだ世の中はなかなか落ち着きませんけれど、今年はこうしてみんなでここに集まって、新しい門出を一緒に祝えるというのは素晴らしいことだと思います」と、コロナ禍を踏まえて新入生たちに励ましの言葉をかけた。

ちなみに、作家自身が入学したのは1968年、卒業は75年である。7年かかった背景には大学紛争があり、祝辞で「普通の人とは順番が逆になっちゃって」と述べたように在学中に結婚し、次いでジャズ喫茶を始めたという事情もある。「僕はもう50年以上前にこの大学の文学部に入ったんですけど、その時は小説家になろうというような気持ちは特にありませんでした」と村上さんは語った。

もう一つ、祝辞では、21年10月にオープン予定の早大国際文学館（通称・村上春樹ライブラリー）にも言及した。このライブラリーは、村上さんの直筆原稿や蔵書、レコードのコレクションなどが順次、早大に寄託・寄贈されることになったのを受けて、18年秋に構想が発表された。建築家の隈研吾さんの設計で既存の建物をリノベーション（改修）して開設される。村上さんの話で注目されたのは、次の部分だった。

ライブラリーのモットーというか、入り口に掲げられる言葉は、「物語を拓《ひら》こう、心を語ろう」というものです。

その「心を語る」ことは簡単そうで難しいと村上さんは述べ、「僕らを本当に動かしていく」心の中の「未知の領域」を探り当てる役割を果たすものの一つが「物語」であり、「言葉にならない心をフィクションという形に変えて、比喩的に浮かび上がらせていく」のが小説家のやろうとしていることだ、と語った。「一段階、置き換えられた形でしか表現できない」小説は「直接的には社会の役にはほとんど立たない」けれど、「小説というものの働きを抜きにしては、社会は健やかに前に進んで行けない」として、さらに自らの信念を訴えた。「意識や論理だけではすくいきれないもの、すくい残されてしまうもの」を「しっかり、ゆっくりすくい取っていくのが小説の、文学の役目です」と。

そして、千年以上にわたって「人の手から手へと、まるでたいまつのように受け継がれて」きたのが小説家という職業だと話した。

☆

以上の話を知った筆者は21年4月中旬、村上ライブラリーの現状を聞こうと早大へ足を運んだ。国際文学館となる早稲田キャンパス4号館は、村上さんが在学中、シナリオを読みに通ったという坪内博士記念演劇博物館（演博。作家の坪内逍遙にちなむ）の東隣にある。取材には、館長の十重田裕一《とえだひろかず》・早大文学学術院教授（日本近現代文学）が応じてくれた。

既に改修工事は完成していた。4号館は地下1階・地上5階。もともと四角い鉄筋コンクリートの古い建物だったのが、壁面は真っ白に塗り替えられ、板状の木を曲線状に波打たせたオブジェが周囲を取り巻いている。そのオブジェがアーチを成す入り口の「トンネル」をくぐると、ガラス扉には「早稲田大学国際文学館　村上春樹ライブラリー」の表示が日本語と英語で入っている。

館内の整備も順調に進んでいる。正面にすぐ地下1階へつながる幅約4メートルの木の階段がある。地上2階まで吹き抜けの空間になっていて、上方には木材がアーチ状に組まれ、左右には約2000冊が収納可能な木製の本棚が並ぶ。

木の温かみを感じさせる構造は、「和の大家」と称される隈さんのまさに本領といえる。建物の外と内の木の通路を抜けて、いわば地下（アンダーグラウンド）の異世界へ入っていくことをイメージした村上ワールドらしい趣向だ。

1階にあるのは受付と、レコードなどの音楽を聴けるオーディオルーム。村上作品の初版本を展示するギャラリーラウンジには、手に取って読める本も約2000冊用意される。館内の机や椅子もアンティークにこだわっているという。1万枚以上あるという村上さんのレコードコレクションも活用されるのだろう。

地下1階にはカフェが設けられる。その企画・運営は早大の学生に任せることになり、起業のための応援募金も呼びかけられていた。3階以上は書庫やセミナールームなど研究のための施設となる。全体として、斬新で居心地のいい建物に生まれ変わった印象だった。

「物語を拓こう、心を語ろう」というモットーについて、館長の十重田さんは「多くの人々の心に届く村上さんならではのメッセージです」と話す。したがって、ライブラリーの活動も「村上文学の研究を契機に、日本文学の魅力を世界に伝え、翻訳文学の可能性を考えていくことをイメージしています。世界に開かれた研究機関にしたい」と語った。

レコードコレクションを除く寄託・寄贈資料も1万点以上に及ぶという。十重田さんは「既に受け入れ、整理を進めているところです。村上作品は50言語以上に翻訳されていますから、それらの本、さらに各国での書評などを集めた多くのスクラップブックもあります。膨大なので開館までに搬入は完了できないでしょう。まずは責任を持ってきちんと保管するのがライブラリーの役割です」と強調した。

実は、早大では島村抱月、横光利一といった出身作家らの直筆原稿を収集する計画も先行しているという。「村上ライブラリーとしては整理が終わった資料から、関係者の了解を得たうえで徐々に研究者向けに公開し、一部は展示もしていくことになると思います」。そう今後の展望を描く。

ただし、直筆といっても村上さんの場合、長編小説『ダンス・ダンス・ダンス』（1988）以降はワープロを使用し、その後はパソコンで執筆している。この点を十重田さんに尋ねると、並々ならぬ関心を示した。

「研究者としては、その点が面白いと思っています。作家が原稿を書き、出版されるまでのプロセスは時代とともに変容してきました。これからは電子媒体で執筆された草稿の研究が必要になりますが、村上さんは紙とデジタルの両方に関わっています。

まさに過渡期の作家なのだ。

村上さんはきちんと資料を残していますので、デジタル時代の草稿研究の嚆矢になるでし

ょう。新しい研究の可能性が開かれています

2021年2月には東大文学部が、卒業生である作家の大江健三郎さんから直筆原稿などの資料の寄託を受け、「大江健三郎文庫」（仮称）の設立を検討していると発表した。大学が作家の資料を受け入れる意義は何だろうか。

村上さんが母校の早大に、と言ってくれたことで、大切な資料とともに同時代の文化を後代に伝える役割を再認識しました。そのうえで大学の枠を超え、一つの社会貢献として、「村上ライブラリーを」多くの人々に愛され、活用される機関にしたい。国内外の人々が学び、さまざまなことを発見する、風通しのいい交流の場になるといい。

隣の演博を十重田さんは度々引き合いに出したが、中でもこう語ったのが心に残った。

かつて村上さんが演博の図書室で一人、収蔵されたシナリオを読んでいたように、ここで何かを読んだ学生たちの中から村上さんのような文学者が出てくるかもしれません。そういう循環があったらいいですね。

《May》

英文学の名作と並べてみると…

英米文学研究者で文芸評論家としても活躍する阿部公彦・東大文学部教授が、『英文学教授が教えたがる名作の英語』（文藝春秋）という本を出した。軽いタッチのタイトルが示すように、対象とする読者は高校生から大学の教養課程ぐらいまでの英語学習者が想定されている感じだ。

注目したのは、ダニエル・デフォー『ロビンソン・クルーソー』（1719）、ジェイン・オースティン『高慢と偏見』（1813）、アーネスト・ヘミングウェイ『老人と海』（1952）といった名作と並んで、村上春樹さんの短編小説「シェエラザード」（2014）が取り上げられているからである。

もちろん、村上さんは日本語で書く日本の作家なのだが、阿部さんは「彼［村上さん］が英語圏の作家から大きな影響を受けていること、そして今や、英語圏の作家や読者にも広く読まれる存在となっている」と、ここに加えた理由を述べ、「『広域汎英語文学』の一部をなす日本語圏の作家の1人」と村上さんを位置づけている。

この本は7章で構成され、他にジョナサン・スウィフト『ガリヴァー旅行記』（1726）、エドガー・アラン・ポオ『黒猫』（1843）、F・スコット・フィッツジェラルド「リッチ・

ボーイ」（1926）の計7作について、英語原文（村上作品は英訳文）の抜粋と日本語訳、語彙や文法の基礎的な解説、読みどころの説明が載っている。

こういうと、学校で勉強した対訳教材が思い浮かぶだろうし、そういう性格もあるのだが、読みどころなどの文章が丁寧で、それ自体、面白い読み物になっている。18世紀以降の近代英語圏文学の歴史が分かりやすく頭に入ってくるのもありがたい。

例えば、小説の起源には「旅行記」と「作法書」の二つの潮流があったという。これらは、17世紀までの大航海時代以降、遠い異国の文化との接触が増えたこと、名誉革命（1688〜89年）などを経て身分が流動化し、人々が上の階級の文化を身につけようとしたこと――に、それぞれ対応する。旅行記をモデルとした小説の代表が『ロビンソン・クルーソー』や『ガリヴァー旅行記』で、作法書に由来する「人生指南の具体例」としての小説の代表に挙がるのが、女性の結婚に至る過程を描いた『高慢と偏見』だ。

さて、村上さんの「シェエラザード」は、既に英語版も出ている短編集『女のいない男たち』に収められた作品で、ファンには周知だろうが、一般に著名な小説とは言えないと思われる。ちなみに、短編集のタイトルはヘミングウェイの短編集『Men Without Women』がヒントになったようで、村上作品の英訳も同題である。

まず簡単に「シェエラザード」の粗筋を紹介する。いかなる事情でか北関東の小都市にある「ハウス」と称する家に一人で暮らし、外部との交渉を絶っている男「羽原《はばら》」のもとに、名前を名乗らない30代の主婦が週2回のペースでやって来る。彼女は「連絡係」として必要な買い物や身の回りの世話をするだけでなく、訪問の度に必ず羽原と性交渉を持ち、そのあと「ひとつ興味深い、不思議な話」をしてくれるという設定だ。女性は『千夜一夜物語』の語り手にちなんで、羽原からひそかに「シェエラザード」と呼ばれる。彼女の披露する、何とも奇妙で興味深い体験談が作品の中心になっている。

阿部さんは、村上さんの短編がしばしば「奇譚仕立て」になっていると述べ、「シェエラザード」もその例として扱っている。英訳文とともに引用されるのは、この女性が「私の前世はやつめうなぎだったの」と語る作品前半の部分だ。具体的な英語表現を解説したうえで、言葉の「なぞなぞ性」（英語ではenigma）や、作品全体が醸し出す「親密さ」（intimacy）といった村上文学の特徴を論じている。

この作品は、初め米文学者・翻訳家の柴田元幸さんが主宰する雑誌『ＭＯＮＫＥＹ』に発表された。この短編集に収録された作品の多くは総合雑誌に連載されたもので、同書「まえがき」では村上さん自身、「シェエラザード」は他と「まったく違うスタンスで」書いたといい、理由として『ＭＯＮＫＥＹ』が「どちらかといえば尖った若い読者向けの、新しい感覚の文芸誌」であることに言及していた。

同誌は翻訳作品の掲載や、翻訳という仕事に関する特集に積極的なだけに、自然と「英語性」の強い作品になったのだろうか。

なお、この短編についても他の村上作品と同様、さまざまな人が多様な切り口から分析していると思われるが、筆者の解釈をいえば（これも既に指摘があるかもしれない）、１９６０～70年代の学生運動、端的には過激化した新左翼運動のにおいが嗅ぎ取れる。つまり、羽原の「ハウス」は一種の「アジト」であり、彼は（そう書かれてはいないが）運動の中で何らかの犯罪行為に手を染め、潜伏を余儀なくされている人物と読める。

後半では、女性が高校時代に同級生の男子に恋愛感情を抱き、それが高じて男子の自宅へ留守中に忍び込む「空き巣」を重ねるようになった話が明かされる。つまり、ここでは女性の過去と羽原の現在がパラレルであり、いわば革命思想も「恋のようなもの」と見なすことが可能だ。

それらはともに、強い力で人間の意思を縛り、極端化すれば犯罪や逸脱さえ許容させるという点で共通する面がある。作品の最後で羽原が、彼の属する組織によって「すべての自由を取り上げられ」ることを恐れるのも、こうした想像を裏付ける。

☆

18世紀以来の名作の中に村上作品を置いてみると、確かに面白い発見がいくつもある。『高慢と偏見』の章で阿部さんは、オースティンが登場人物に言わせる「警句的な表現」、すなわち人生の真理をつくような簡潔な表現に触れて、それが英語圏文学において「好まれてきた伝統」であることを指摘している。これはまさに村上文学の初期からの特質だ。

現に「シェエラザード」の引用部分にも、羽原が女性の話を聞いて水中のやつめうなぎの様子を想像するシーンで、「それはなんとなく現実離れした光景だった。とはいえ現実が往々にして現実離れしていることを羽原は知っていた」という警句的表現がある。阿部さんは「こうした逆説をさりげなく口にするのが村上作品の人物たちの特徴でもあります」と解説している。従来、主にアメリカ文学から村上さんが受けた影響とされてきた点だが、それが英文学の、かなり古くから歴史的に育まれてきたものだというのは興味深い。

いうまでもなく、「警句的で謎めいた短い表現」は、阿部さんも「村上春樹がもっとも大きな影響を受けた作家の一人」に挙げるフィッツジェラルドの得意とするところであり、この本にも言及がある。例として引かれた「リッチ・ボーイ」冒頭の文を見よう。裕福な家庭に生まれながら自らの性格的な問題から、他者と安定的な関係を築くことができない青年の物語だ。

個人からはじめると、いつの間にか私たちは類型にたどり着くものだ。では類型からはじめたらどうか。何も生み出せない。（阿部訳）

実は、村上さんも著書『ザ・スコット・フィッツジェラルド・ブック』（1988）の中でこの作品を訳している。そちらでは同じ箇所がこうなっている。

個人というものを出発点に考えていくと、我々は知らず知らずにひとつのタイプを創りあげてしまうことになる。一方タイプというところから考えていくと今度は何も創りだせない

——まったく何ひとつ。（村上訳）

けっこう違いがあると分かる。さらに英語原文と見比べると面白いのだが、関心を持った人は阿部さんの本で確かめてみてください。

もう一つ、文学史の流れの中で、阿部さんが村上作品の特徴として強調するのが、奇譚であっても「『ぜんぶは説明しないよ』というデリケートな寡黙さ」だ。つまり、『ガリヴァー旅行記』などでは風刺や寓意の対象が明確だったが、村上作品では「謎かけ構造」があっても、「単純に『正解』が提示されるわけではない」という。

ここで筆者が想起するのは、村上さんがよく口にする「小説家に必要なのは頭の良さではない」という意見だ。彼が書く物語の中では、作家自身にもきっちりと説明できないようなことが起きるらしい。どうやらそれは、作家が意図的に仕掛ける通常のメタファー（隠喩）やシンボル（象徴）操作を超えたものだ。こうした特質が、例えば欧米では「ポストモダン」の文脈で捉えられ、批評家によって「換喩的」（加藤典洋）とも分析されてきたのだろう。

ところで、フィッツジェラルドについて阿部さんは、彼が活躍した「ジャズ・エイジ」と呼ばれる１９２０～30年代米国の「時代の風俗をとらえるのに秀でた作家」だったとして、次のように書いている。

アメリカが世界のもっとも富める国となっていこうとするときの足元の狂騒ぶりや富への憧れなどが作品中、活写されます。そこには、若い国ならではのロマンティックな衝動と、それと裏腹の不安や虚無感とが併存し、光と闇との交錯が見られます。

そして、彼の「明暗の両方をとらえる懐の深さ」を可能にした要素として、作品の語り手と登場人物の間の距離感を指摘している。

この点は村上さんも注目したフィッツジェラルドの特徴であり、初期の村上作品が語り手の「僕」と、「鼠」と呼ばれる友人との会話を核にしていたように、直接の影響が感じられるところでもあった。阿部さんの本を読んで思い浮かんだのは、フィッツジェラルドの時代の米国と、村上文学が登場した70年代末から80年代の日本との相似だ。

これらは、ともに両国が経済成長を遂げ、世界市場での重みを増した一方で、人々の間に消費志向や虚無感（「しらけ」という語を阿部さんは挙げている）が強まった時期でもあった。そうした社会が必然的に抱え込まざるを得なかった「光と闇」を、それぞれの仕方で描き出したのが彼ら２人の作家だといえるのではないだろうか。

《June》

映画「ドライブ・マイ・カー」を見る

村上春樹さん原作の映画「ドライブ・マイ・カー」の試写を見た（8月20日公開）。監督・脚本は2021年のベルリン国際映画祭で「偶然と想像」が審査員大賞（銀熊賞）を受賞し、いま最も注目される日本の映画監督の一人、濱口竜介さん。「ドライブ・マイ・カー」も同年のカンヌ国際映画祭でコンペティション部門への出品が決まっている（後日談：脚本賞に輝いた。受賞者は濱口監督と共同脚本の大江崇允さん）。

主演は数多くの映画やテレビドラマでおなじみの人気俳優、西島秀俊さんで、映画に疎い筆者も期待に胸を膨らませて約3時間の作品を見た。そして期待通り、十分に楽しむことができた。

冒頭のシーンで、西島さん演じる俳優の家福《かふく》の妻で脚本家の音《おと》（霧島れいか）の語る話が、原作が入った短編集『女のいない男たち』に収められた別の短編「シェエラザード」から取られたものなのはすぐに分かった。そして、一種のシンクロニシティー（偶然の一致）に自分でも驚いた。前節で（映画のことを知らずに）取り上げたのがまさに「シェエラザード」だったからだ。

このことは見終えた後、公式パンフレットのインタビューで濱口監督自身が明らかにしているのを読み、確認できた。

また、濱口監督は同じ短編集から「木野」という作品のモチーフも使ったと述べているが、こちらはパンフレットを読むまで気づかなかった。むしろ、映画のラストで家福は専属ドライバーの若い女性、渡利《わたり》みさき（三浦透子）と一緒に、みさきの故郷・北海道へ車を走らせるのだが、この長距離の運転による移動はむしろ長編『騎士団長殺し』を想起させた。

さて、この映画から筆者が受け取った、ごく個人的な感想は二つある。門外漢なので的外れな話になるかもしれないが、一つは1997年のカンヌ国際映画祭で最高賞のパルムドールを受賞した今村昌平監督の「うなぎ」との異同である。こちらは吉村昭の短編小説「闇にひらめく」を直接の原作としながらも、やはり吉村の長編『仮釈放』から主要な筋立てを得ていた。

そうした脚本の作り方は映画によくあるのだろうが、もっと似ていると感じたのは、音が浮気相手とベッドインしているのを家福が目撃する場面だ。これは「うなぎ」の冒頭で主人公の男（役所広司）が、浮気の現場に踏み込み妻を刺殺する衝撃的なシーンを思い起こさせた。ただし、映画「ドライブ・マイ・カー」では、家福はそれを目にしても、静かにその場を立ち去ってしまう。脚本家の音は、ある時期からそうした行為を繰り返すようになったということが、観客には後で分かってくる。それでも家福は音を愛し続ける。

もっとも、原作の小説で家福は妻の浮気を知りつつも現場を目撃することはなく、ここは「木野」のエピソードが導入されている。また、映画でも原作同様に妻は若くして亡くなり、その後の日々が中心に描かれるが、死因などは微妙に違っている。そのように脚本では原作に改変が加えられているものの、家福と音に幼くして亡くなった娘がおり、以後、二人は子供を作らなかったこと、みさきの年齢がその娘が生きていれば重ねた年齢と一致すること、音の死後、浮気相手だった若手俳優の高槻（岡田将生）と家福の間に不思議な交渉が生まれること――といった原作の大枠は維持されている。

カンヌつながり（？）でいえば、「うなぎ」の場合は直情的な妻殺しを含めて男女関係がやや古風に描かれ、作品全体としてもヨーロッパの感覚とは隔たった「アジア的」な要素が面白みを生んでいたのではないか。それに対し、「ドライブ・マイ・カー」の男女関係は、背後に心の病というか、人々が自らの内部にコントロールできない部分を抱えていることが前提になっていて、きわめて現代的でもあれば都会的でもある。これは村上文学が世界で受け入れられた理由でもあるわけだが、二十数年を経てのこの変化を、果たしてカンヌの審査員たちはどのように見るのだろうか。

☆

原作との違いでいえば、家福が演出家でもあり、広島の国際演劇祭で日本や韓国、台湾などアジア各国・地域から応募してきた俳優をオーディションで選び、チェーホフ『ワーニャ伯父さん』の多言語演劇を演出するという後半の展開は、全くの映画オリジナルだ。そして筆者のもう一つの感想は、この演劇に関わる部分からやって来る。

まず、顕著な特徴は、キャストが台本を読む、いわゆる本読みの際、家福がオーディションで選んだ（高槻を含む）俳優たちに対し、感情を込めず、ほとんど「棒読み」をするよう繰り返し求めることだ。そういえば、家福は車の中でせりふを覚える習慣があり、他の役のせりふを音が吹き込んだカセットテープを、（彼女の死後も）常に回し続けている。全編の通奏低音のように繰り返されるその音の声も、家福が口にするせりふもやはり棒読み調である。

ただし、これについては、以前の「毎日新聞」記事で次のような濱口監督の演出法を知って、得心した。この人は「撮影前、出演者に感情抜きに脚本を読み込ませ、完全にセリフを覚えさせる。その上で、撮影現場で感情を乗せる」のだという（2021年3月7日朝刊「ひと」欄）。何のことはない。それは家福のやり方というより、濱口監督自身のやり方なわけだ。

一方、その多言語演劇では、韓国人俳優イ・ユナ（パク・ユリム）による「韓国手話」の演技が際立っていた。集まった俳優たちは互いの言葉が理解できない中、手探りで役作りを進めていく。こうした過程そのものがグローバル化し、多文化社会化が進む現代の縮図であるのはもちろんだが、とりわけ彼女が無声のうちに繰り出す手話のせりふは、その緊張感と鋭さによって比類のない美を形作っていた。

極端にいうと、高槻の複雑な人物造形をはじめ、やや入り組んで、拡散していきかねない物語を、原作通りにクールなみさきの言動とともにしっかりとつなぎとめているのが、手話の存在感であると思われた。手話に関しては濱口監督自ら、かねて並々ならぬ興味を抱き、相当な思い入れをもって取り組んだことがパンフレットの発言から分かる。

「後出しじゃんけん」のようになるが、主演が西島さんと聞いた時、筆者は村上作品の主人公に適役だと感じた。自己主張はあっても、あまりギラギラした感じのない男性が、状況に対して自分は積極的に働きかけるつもりがないにもかかわらず、いや応なしに思わぬ出来事に巻き込まれ、決断や冒険を迫られる——といったパターンが村上文学には多い。そうした男性の雰囲気に西島さんはピッタリだ。そう思っていたところ、パンフレットで濱口監督は次のように述べていた。

家福役は［中略］西島さんにやっていただきたいと強く思いました。西島さんは村上春樹の世界自体にすごく親和性があるからです。自分を出しすぎないのだけど、決して率直さを失わないご本人の人となりが、村上春樹が描く主人公全般のイメージにとても近いということなのだと思います。

状況に働きかけようとしない男性という点では、確かに小説「木野」の主人公もそうで、浮気した妻とも、相手の男とも対決することなく、黙って身を引き、離婚する。仕事も変えて、一見、平穏な日々が訪れるのだが、やがて彼は自分が傷ついているという事実にきちんと向き合ってこなかったことを、恐ろしい体験とともに思い知ることになる。それは妻の背信という現実の直視を避けてきたことに由来するのだが、結局、そのことは（妻であった）女性に深く関わることができなかった、自らの人間としての欠落をも明るみに出すのだ。

ストーリーがかなり違うとはいえ、この点で映画「ドライブ・マイ・カー」の家福もまた同じ欠落に直面することになる。ここまで来れば、事は優雅な俳優たちの私生活といった外見の裏に隠された、普遍的な男女の、あるいは人間同士の関わりに及んでいることが分かる。言うまでもなく、登場人物が他人や社会とどう関わるか、いかにコミットするかというのは村上作品の重要なテーマであり、映画はその核心を突いているといえる。

原作の小説「ドライブ・マイ・カー」には、高槻が家福にこう語りかける場面がある。

本当に他人を見たいと望むのなら、自分自身を深くまっすぐ見つめるしかないんです。

パンフレットで濱口監督が、映画化を思い立ったきっかけとして引用しているのは、この直後に記された一節だ。そこには次の部分がある。

彼［高槻］の言葉は曇りのない、心からのものとして響いた。少なくともそれが演技ではないことは明らかだった。

劇中劇の手法が駆使されていることから、この映画が演技とは、演じるとはどういうことかを問うているのは見やすい。それもまた原作が「本当」と「演技」の境目を問いかけていることの正確な反映だが、ある役を日常的に演じているのは決して俳優に限らない。人は誰もが妻を演じ、夫を演じ、恋人を演じ、不倫相手を演じ、あるいは子を演じ、親を演じ、部下を演じ、上司を演じ、店員を演じ、客を演じしながら日々を送っているともいえるからだ。

では、人が人に本当に関わるとはどういうことなのか。どこまでが演技で、どこからが本当なのか。映画の中で折に触れて流れる『ワーニャ伯父さん』のせりふや、ベケット『ゴドーを待ちながら』の舞台場面が、異様なほど家福らの心理を象徴するように響く理由の一端もここにあるだろう。そう考えていくと、問題は明らかに言語を超え、国境を超える。その意味でも、村上文学のありようを見事にうつし取った映像作品だと思う。

あとがき

　こうして本にするために読み直すと、コラムの連載開始からわずか2年しかたっていないとは信じられないほど、この間、実に多くの奇妙な光景が目の前を通り過ぎていったことが確認できる。残念ながら、それは２０２１年夏の今なお続いているのだが、顧みれば悪夢の中にはまり込んでいるような日々であった。

　例えば、19年秋、消費税率が10％に引き上げられ、ラグビーW杯で日本代表の活躍に沸いていた時から、どれほど隔たったところに私たちはいるだろうか。端的には、東京オリンピック・パラリンピックが1年延期され、この夏ようやく、ほとんどの競技が無観客の寂しい会場で開かれることになろうとは、誰が予想できただろうか。

　確かに、これが冷酷な現実ではある。しかし、同じ時間が決して暗闇に閉ざされる一方の日々ではなかったことをも、本書をお読みいただいた方は実感されるのではないかと思う。現実から目を背けることなく、それでもなお、なし得る可能性を探し、前向きな物語と音楽を響かせようと努め続けた作家・村上春樹の姿が——真率でありつつ軽快な言葉で、沈んだ心に寄り添い、温め、笑いさえ浮かばせる人として——刻まれているとすれば、ひとまず「メモ」する筆者の役目は果たせたといえるだろう。

本書でも触れたように、国内外で膨大な数の村上論、ＨＡＲＵＫＩ論が書かれているけれど、筆者が参照したものはごく一部だけだ。筆者の考えとして記した内容にも、すでにどこかで誰かが指摘し、より詳しく論じていることが少なくないに違いない。もとより、これまでに筆者が読んだ文献から知り、学んだのと似た論旨を無意識のうちに展開している場合もあるだろう。中でも、加藤典洋さん、藤井省三さん、柴田元幸さんには直接会ってうかがったお話とともに、多大な恩恵と影響を受けている。本書では、引用したものを除き参考文献を記していないが、お名前を挙げなかった方々を含め、多くの先学の業績に対し、ここに深く敬意と感謝をささげる次第である。

月１回のささやかなコラムに目を留めてくださる方、そして本書を手に取ってくださった読者に御礼を申し上げます。ランダムな記録は続行中だが、ますますその活動を多方面に広げる主人公の村上さんを、果たして追尾しおおせることができるかどうか……。

単行本化に際しては毎日新聞出版の永上敬氏の労を仰いだ。装丁の田中久子さん、装画の朝野ペコさんには、いろいろと無理な注文を聞いていただいた。ありがとうございました。

２０２１年７月31日

大井浩一

TOKYO 2020
ANA
JAPAN AIRLINES
JAL

大井浩一（おおい・こういち）
1962年、大阪市生まれ。毎日新聞学芸部編集委員、評論家、言論史研究者。早稲田大学政治経済学部政治学科卒。96年より毎日新聞で文芸、論壇を担当し、村上春樹さんの取材は97年から続けている。
著書に『批評の熱度　体験的吉本隆明論』（勁草書房）、『大岡信　架橋する詩人』（岩波新書）などがある。

村上春樹《むらかみはるき》をめぐるメモらんだむ
2019－2021

印　刷　二〇二一年九月一〇日
発　行　二〇二一年九月二〇日
著　者　大井浩一《おおいこういち》
発行人　小島明日奈
発行所　毎日新聞出版
〒一〇二-〇〇七四
東京都千代田区九段南一-六-一七　千代田会館五階
営業本部　〇三（六二六五）六九四一
図書第一編集部　〇三（六二六五）六七四五

装幀　田中久子
装画　朝野ぺコ

印刷・製本　精文堂印刷

ISBN978-4-620-32700-6